LA PIERRE DES DRUIDES

L' AUTEUR :

Denis Voignier est né le 20 mars 1957 à Paris. Après des études classiques, il est entré à l'Ecole Normale de Paris-Auteuil. Il est instituteur à Strasbourg depuis 1978. Il aime la science-fiction, l'aventure, l'histoire….

Les ouvrages :

- Les Veilleurs du Temps - juin 2001

- Les Aventures du Lieutenant William Braint:
    - Xiatia, Terre d'Espoir - octobre 2001
    - Revenge - mars 2002
    - Les Cavernes d'Orville - août 2002

- La Pierre des Druides - octobre 2002

DENIS VOIGNIER

LA PIERRE DES DRUIDES

dv – éditions
couverture de Christophe Carmona

dv – editions , Strasbourg , octobre 2002

ISBN 2-914644-04-3

à mon grand-père,

1

L'après-midi s'annonçait plutôt bien. Le gros des travaux de fenaison était réglé et la maisonnée profitait d'un répit et d'un repos bien mérités. Les réserves de foin garnissaient les soupentes et nul souci n'était à craindre pour l'hiver prochain. La ferme, forte de ses trente vaches laitières, avait de quoi occuper. Sans compter les volailles, les chèvres, le cochon, les lapins. Une entreprise de famille, qui demandait beaucoup d'effort pour de maigres revenus. Profitant de cette accalmie, François avait saisi l'occasion pour prendre la poudre d'escampette et se diriger vers la forêt toute proche. Sa passion pour les vieilles pierres, tout ce qui pouvait, de près ou de loin, toucher au passé, à l'histoire de cette région, de cette terre sur laquelle il vivait, l'incitait, dès que la possibilité lui en était offerte, à filer vers la lisière du bois des Baulottes. Il avait enfourché son vélo, dévalé la petite pente menant à la route toute proche, pris à gauche pour rejoindre les premières maisons de Valaumont. Le soleil, en ce milieu d'après-midi du mois d'août tapait assez fort et François regretta de n'avoir pas mis sa vieille casquette verte pour se protéger des rayons ardents. Peu importait, ce qui comptait, pour l'instant présent, c'était cette pente, permettant à la bicyclette d'atteindre la vertigineuse vitesse de 50 km/h. Il fallut freiner vigoureusement pour stopper au carrefour de la route départementale qui entrait dans le village. La circulation n'était pas intense mais ce carrefour en virage n'offrait pas une bonne visibilité.

- Hé! François !

Le garçon, interpellé, se dressa sur le pédalier, les mains serrées sur les poignées de freins car le sol, à cet endroit, était encore en pente. Sur sa droite, de l'autre côté de la départementale, de derrière un bosquet de troènes, une petite tête blonde, malicieuse, venait d'émerger.

- Salut François, tu vas te balader ? Tu m'emmènes ?

François, reconnaissant sa cousine Julie, lui lança ces quelques mots:

- Oui, euh, juste un p'tit tour. Mes parents ont fini les foins.

- Super! Alors tu m'emmènes !

François l'avait bien compris. Ce n'était plus une demande mais un ordre. D'ailleurs, il n'avait jamais pu renoncer devant l'insistance de sa petite peste de cousine qu'au demeurant il adorait pour son côté nature et direct. Du haut de ses dix ans, avec sa petite tête blonde, ses yeux d'un bleu pâle comme le ruisseau qui coulait au bas du village, son sourire malicieux, son front volontaire et son caractère fonceur, elle en aurait décidé plus d'un. Aussi, François, habitué et blasé, accepta-t-il, en ajoutant :

- Cherche ton clou ! Et dépêche-toi. J'ai pas qu'ça à faire. J'ai du boulot là-haut !

- Ca y est, monsieur se prend pour un grand, comme d'habitude, tout ça pour quelques vieilles pierres!

Julie, après cette diatribe, était partie récupérer ce qui lui tenait lieu de bicyclette. Un vélo récupéré au dépotoir tout proche et que son oncle Pierrot lui avait rafistolé tant bien que mal.

Elle avait rejoint François, de l'autre côté de la route. Elle s'approcha de lui et dut se hausser sur la pointe des pieds pour lui déposer un baiser sur la joue.

- Bonjour cousin !

- Bonjour cousine ! répondit François, embrassant sa cousine sur le front. Nous partons vers la Croix de Fer, tu n'as pas peur ?

- Peur ? De quoi ?

- Parce que ça monte fort, tu connais le chemin comme moi, ce n'est pas…

Les yeux bleu pâle de Julie avaient viré au gris. Son menton s'était durci et son visage tout entier affichait une volonté sans équivoque.

- C'est bon, j'ai rien dit, c'était juste à cause de ton vélo, au cas où…

- T'inquiète pour mon vélo, il en a vu d'autres et il en verra encore.

- Ça roule. On y va. Mais avant, on passe par la "Traverse", juste comme ça.

Les deux enfants se mirent en route. La "Traverse", comme avait dit François, fut gravie à pied car la pente faisait bien ses trente pour cent. Cette rue, permettait de sortir du village en évitant la rue centrale et donnait accès sur la petite route qui conduisait à l'orée de la forêt.

2

Ils purent remonter sur leurs vélos lorsque la rue du Lavoir fut avalée. La pente était indigeste même pour leurs jeunes mollets. Arrivés sur le plat jouxtant le lavoir qui ne recevait plus guère de visiteurs, ils avaient déjà oublié leurs souffrances et pédalaient à qui mieux mieux vers l'objectif que François avait désigné. Un virage sur la gauche, un faux plat, le carrefour du terrain de foot et ils prirent le chemin, partiellement goudronné menant à la Croix de Fer. Malgré les rayons ardents, François appuyait sur les pédales et Julie, malgré son plus jeune âge ne souffrait pas particulièrement de l'allure assez vive qu'il lui avait imposée. Cela confirmait que ce petit bout de fille avait une volonté de fer.

La route, maintenant en pente douce, sinuait entre les prés qui venaient d'être fauchés. Des parfums d'herbe fraîchement coupée embaumaient alentour et les enfants se régalèrent de ces effluves. La terre vibrait de vie, exhalait ses odeurs et les insectes, par milliers, répondaient à cet appel par un bruissement continu qui occupait tout l'espace. La route accusa une bosse, vira sur la gauche, découvrant le terrain de foot, à l'abandon depuis des années, depuis que la commune avait décidé de l'installation d'un stade attenant à l'école. Julie réclama une pause.

- Hé! François ! On s'arrête deux minutes, tes vieilles pierres ne vont pas s'envoler. Et puis, on a tout notre temps.

François tourna la tête et avisa un arbre tout proche.

- Comme tu voudras, répondit-il, posant le pied à terre et se dirigeant vers un chêne centenaire pour y adosser son vélo. Je t'avais prévenue, avec ton clou...

- Il est très bien, ce vélo. Et puis d'abord, passe-moi plutôt un peu d'eau.

François se défit de son sac à dos et en sortit une gourde de plastique qu'il avait remplie avant de partir. Sous cette chaleur relativement accablante et dans cet air vibrant ou nul souffle d'air ne se faisait sentir, cette eau fraîche leur fit du bien.

- Tu as prévenu chez toi ? demanda soudainement François.

- J'ai pas pu, Maman est partie faire les courses et mon frangin est allé couper du bois avec ses copains.

François ne se sentait qu'à demi-rassuré. Mais cette sortie ne présentait pas de risques particuliers. Après une visite vers la Croix de Fer, ils redescendraient par le fond de la Noire Basse et Julie serait de retour pour le dîner.

- Allez, on y va ? Tu as récupéré ?

- J'étais pas fatiguée !

Ses yeux bleu pâle le fixaient ardemment et François ne trouva rien à répondre. Son sourire, ses cheveux blonds flottant dans la brise légère qui s'était levée, son air d'une innocence quasi-parfaite, tout était fait pour qu'il acquiesce sans mot dire.

Les choses sérieuses allaient commencer. L'orée de la forêt se faisait toute proche maintenant et ils savaient qu'il leur faudrait appuyer fort sur les pédales pour atteindre leur but. Ils ne soufflaient mot, se concentrant sur l'effort, avalant les premières bosses, premières tortures pour les muscles surpris. Mais les ressources étaient bien présentes, les volontés fortes et ils vainquirent l'obstacle. Plus loin, une fois passée cette difficile entrée en matière, le chemin s'aplanissait et conduisait vers la "Cabane des Chasseurs" ou du moins ce qu'il en restait car elle n'avait pas résisté à Lothar, destructeur forestier de décembre 1999. Pas plus que la forêt qui avait aussi changé d'aspect et qui, de touffue et impénétrable était devenue clairsemée et squelettique. Mais les enfants étaient trop jeunes pour l'avoir connue auparavant et ils ne s'en émouvaient pas particulièrement.

Encore une côte, prononcée mais courte et ils débouchèrent sur le carrefour de la Croix de Fer. Cette croix, fichée, là, dans ce chêne que la tempête avait épargné, pour qui, pour quoi ? Certains anciens parlaient de la guerre de 14, de la grande guerre, d'autres d'un hommage rendu à un bûcheron victime d'un accident à la fin du XIX° siècle, d'autres encore parlaient de temps reculés où les barbares infestaient la région.

Ils appuyèrent leurs vélos contre le tronc d'un grand sapin tout dépenaillé. Ses branches faisaient peine à voir tant elles pendaient misérablement et étaient pourvues d'aiguilles plus jaunissantes les unes que les autres. François leva les yeux et ausculta l'arbre du regard. Un sentiment de tristesse passa dans le gris de ses prunelles. La forêt, qu'il aimait plus que tout, enfin presque, lui semblait partir en morceaux. D'abord cette tempête qui avait causé des dégâts irréparables et puis ces maladies, dues aux insectes, aux champignons microscopiques ou encore aux pollutions chimiques, tout cela ne lui disait vraiment rien qui vaille.

Ils s'adossèrent contre le tronc du sapin, les pieds dans le sable fin et rosé du chemin, les fesses dans la mousse tendre et humide. Julie vint à poser doucement sa tête contre l'épaule de son grand cousin. Ensemble, ils écoutaient, respiraient, faisaient corps avec cette forêt qu'il fallait absolument protéger et sauvegarder. Le cri strident d'une buse en chasse les sortit de la torpeur dans laquelle ils s'étaient doucement installés. L'air continuait à vrombir des milliers d'insectes qui s'activaient à leurs tâches respectives et l'on entendait, dans le creux de la "basse", le glissement de l'eau sur le sable d'un ru.

- Allez, en piste, dit François, se levant d'un coup. On va laisser les vélos derrière ce tronc et poursuivre à pied, la roche n'est plus très loin.

Julie acquiesça, se remettant à peine de cette douce torpeur.

- Ah oui, c'est vrai, tes vieilles pierres. Allons-y.

3

La route, tout juste carrossable, était devenue chemin puis sentier. Les enfants avaient dépassé le carrefour du " Grand Retour ", un embranchement qui permettait de rejoindre la vallée en contrebas ou de continuer vers la Roche des Druides, objectif premier de leur escapade. Le chemin, étroit, était sableux et des pierres rosâtres, de grès pour la plupart, émergeaient de ci de là. Les enfants, pour l'instant, ne soufflaient mot, se contentant de gravir cette pente qui déboucha sur une esplanade encombrée de ronciers. Des mûres à foison ne demandaient qu'à être cueillies et dégustées pour le plaisir du palais et l'air embaumait du parfum relevé de ces baies.

- Méfie-toi, dit François, il y a souvent des frelons qui traînent dans le coin. Ils adorent les mûres.

Effectivement, quelques spécimens frôlèrent les oreilles des grimpeurs, mais sans les inquiéter pour autant. Avec ce type d'insecte, mieux valait jouer l'ignorance car une confrontation directe pouvait toujours s'avérer risquée.

- On y est, la voilà, annonça François.

La roche se dressait droit devant, majestueuse, posée sur un surplomb et dominant la vallée des scieries de Bosson. François la contemplait pour la centième fois peut-être et à chaque fois il éprouvait la même sensation étrange, presque comme un malaise. L'air était pesant et un silence profond s'était installé.

- Qu'en penses-tu ? demanda-t-il, se tournant vers Julie.

- Oh! Je la connais, j'y suis déjà venue deux trois fois avec maman. Je lui trouve rien de spécial, à ta roche.

- Détrompe-toi, répondit François. Elle est spéciale. D'abord, son nom, " Roche des Druides ", qui laisse à penser que les druides gaulois l'ont côtoyée. Il devait se passer de drôle de trucs ici, dans le temps. Et puis, c'est ici que j'ai trouvé mes plus beaux spécimens de pierres, des fossiles qui remontent assez loin.

François s'arrêta dans son discours qui risquait de prendre une tournure scientifique que Julie ne suivrait pas. Il s'assit près d'elle, lui offrit un gâteau sec tiré de son sac et pointa son doigt vers l'est.

- Regarde, là-bas, le Donon. Tu vois cette antenne rouge et blanche, c'est grâce à elle que tu regardes tes dessins animés le mercredi.

- Merci le Donon, dit Julie, d'un air moqueur. On fait quoi maintenant ?

- On inspecte les alentours, il doit encore traîner quelques fossiles. Passe vers la droite, mais fais attention à l'à-pic, je passe par l'autre côté. Surtout, ne néglige aucun caillou. Parfois, le plus anodin d'entre eux recèle des trésors insoupçonnés.

Le chemin circulaire contournant le rocher était très étroit et il fallait véritablement veiller à bien placer les pieds pour ne pas glisser en contrebas. C'est ce qui arriva à Julie, disparaissant soudainement, happée par un trou invisible dissimulé sous un amas de feuilles. Son cri de stupeur alerta François.

- Julie ! T'es où ?

- Là ! Plus bas ! Sous la roche.

Ses paroles parvenaient comme étouffées et François eut quelques difficultés à situer l'endroit de l'appel.

- Pas de mal ?

- Non, je crois, le trou n'est pas trop profond. Mais c'est marrant, ça brille de partout.

- Comment ça ?

- Je sais pas moi, c'est toi le spécialiste, viens me rejoindre.

La situation devenait fort singulière. Julie, à priori prise au piège d'une excavation dissimulée, demandait à son cousin de la rejoindre pour explorer les lieux. François, toujours en quête de découvertes, ne se fit pas prier. Repérant aisément le passage par lequel Julie avait chuté, il se laissa glisser, se retenant à quelques pieds de myrtilles et sauta en fermant les yeux.

- Salut cousin!

Dans la pénombre relative d'une excavation de trois bons mètres de fond, les yeux clairs de sa cousine l'accueillirent joyeusement.

- Qu'est-ce que tu penses de ça ? dit-elle, désignant le fond de cette espèce de mini-caverne.

Au fond de l'excavation, là, à quelques mètres, sous la Roche des Druides, une masse, apparemment de pierre, de deux mètres de haut sur autant de large, diffusait une lumière violacée, envoyant des reflets et des ombres sur les parois de cette grotte inconnue. François en restait bouche bée. Des fossiles, d'accord, mais des pierres violettes qui brillent dans le noir, c'était déjà une autre affaire.

- Bon alors ! On fait quoi ? demanda Julie, soudain impatiente.

- Il vaudrait peut-être mieux prévenir. Un truc comme ça, c'est pas normal, ça ne....

- Tu vas pas te dégonfler quand même! Pour une fois qu'on trouve un truc marrant.

François, rapidement, à une vitesse à peine supportable pour son cerveau, pesait le pour et le contre. Cette "chose", curieuse mais attirante, les risques probables, l'inconnu, Julie, avec son caractère frondeur qui n'hésiterait pas à faire le saut....

- On va voir, dit-il soudainement. Donne-moi la main.

Il prit la main de sa cousine et la serra si fort qu'elle en eut mal sur le moment. Mais sa fierté lui refusa de montrer sa douleur. Ils étaient attachés, enchaînés pour un voyage dont ils ne connaissaient l'issue. Ils s'approchèrent de la pierre violacée effleurant sa surface lisse de leur main libre. Des ondes curieuses semblèrent parcourir leurs corps tremblants et la pierre les aspira comme s'ils n'étaient que matière flasque, molle et gélatineuse.

4

Les arbres tournoyaient à une vitesse vertigineuse, la roche semblait virevolter sur elle-même et l'air bruissait d'une multitude de sons perçant les tympans. Les enfants, pris dans cette soudaine tourmente, se tenaient la main avec force, craignant de se trouver séparés l'un de l'autre. La tête leur tournait, leurs membres flageolaient et tout, autour d'eux, ne semblait qu'instabilité et menace. Des éclairs violacés accompagnaient cette mouvance et ils devaient fermer fréquemment les yeux afin de ne pas être aveuglés.

François, se tournant vers sa cousine, voyait bien ses lèvres remuer, mais aucun son, à part le bruit de fond persistant, ne parvenait à ses oreilles.

Soudainement, la danse vertigineuse prit fin, les lueurs violacées s'estompèrent et un calme profond s'installa. Les deux enfants se trouvaient assis au pied de la Roche des Druides qu'ils venaient de visiter. Julie, la première, prit la parole :

- Ca alors ! C'était quoi ce truc ?

- Je n'en sais rien, jamais rien vu de tel. En tout cas, c'était du sport. J'ai l'impression d'avoir été passé dans une moulinette. Ça va, toi ?

- Pas trop mal, à part ces vibrations et ces sons stridents. Mais nous ne sommes pas plus renseignés. C'est quand même un drôle de truc.

- Et la pierre violette ?

- C'est vrai, où est-elle passée ?

Les deux enfants se retournèrent, scrutant le dessous de la Roche. La pierre, au fond de l'excavation, était là, semblable à ce qu'elle était quelques instants plus tôt, brillant doucement de ses reflets violacés.

- Bon, dit soudainement François, on redescend, ça ira pour aujourd'hui. On va demander en bas ce qu'ils en pensent.

Julie éclata d'un rire sonore qui résonna alentour, tandis que ses yeux malins pétillaient de joie.

- Ne me dis pas que tu as peur ! Tu veux filer alors que l'on commence tout juste à s'amuser un peu…

- Ecoute, Julie, dit François, fixant sa cousine droit dans le bleu pâle de ses yeux, cette pierre ne me dit rien qui vaille. Je ne sais pas, il y a des trucs bizarres ici, et puis, ces sensations, si étranges..

- Peut-être des phénomènes électromagnétiques, après tout, nous sommes là, bien vivants, rien de fâcheux ne s'est produit, alors, que crains-tu ?

- Je ne sais pas… Oh, regarde, là, cet arbre !

- Quoi cet arbre ?

- Là, ce chêne !

- Qu'est-ce qu'il a ce chêne ?

- Il n'était pas là tout à l'heure !

- Qu'est-ce que tu racontes ?

- Puisque je te le dis! Cela fait des années que je me balade dans le coin. Je n'ai jamais vu de chêne ici, à deux pas de la Roche. Je m'en souviendrais.

Il y eut un silence, les deux enfants restant perplexes, l'un se demandant s'il n'avait pas rêvé, l'autre se demandant si sa mémoire ne lui faisait pas défaut. Mais à ce point !

- Ecoute, Julie, il faut redescendre, ça ne colle pas tout ça, d'ailleurs, il se fait tard.

François examina sa montre et resta surpris.

- Qu'est-ce qui t'arrive ? demanda Julie, observant le visage étonné de son cousin.

- Ma montre, y'a que des "huit".

- Des huit ?

- Oui, tu sais bien, tiens, regarde, comme quand tous les cristaux sont remis à zéro.

- La pile, sans doute.

- Je l'ai changée la semaine dernière, ça m'étonnerait.

Julie s'était tournée, observant le paysage qui lui semblait, à elle aussi, différent. Elle passa quelques instants à scruter les alentours puis, soudainement, ses yeux accrochèrent un détail insolite et elle tendit la main, droit vers l'est, poussant un cri aigu.

- François! Le Donon! Regarde!

- Oui, le Donon, je le vois, et alors ?

- L'antenne, la télé, les dessins animés, pfuitt, plus rien.

- Bon sang, tu as raison, il n'y a plus d'antenne. Mais qu'est-ce qui se passe ici ?

Ils s'assirent sur la mousse fraîche, épaule contre épaule, observant ce paysage qui, à y regarder de plus près, semblait différent de celui qu'ils connaissaient. La forêt, ils ne l'avaient pas remarqué de prime abord, était beaucoup plus dense, les chênes semblaient plus nombreux qu'à l'accoutumée, les sous-bois étaient très encombrés, une végétation de fougères, mûriers et autres arbustes occupant le terrain de façon prononcée.

- Tu as raison, finit par dire Julie, c'est bizarre, on dirait que ce n'est pas comme avant. Voilà, comme avant. La forêt est différente, les sous-bois, les espèces d'arbres et puis l'antenne qui a disparu !

François ne répondit pas, perdu dans ses pensées. Il tentait de comprendre quelque chose à cette curieuse situation et même si une idée commençait à se faire jour, il n'osait encore y croire vraiment.

En contrebas du surplomb sur lequel s'élevait la Roche des Druides, un bruit se fit entendre. Celui d'un animal qui progresse parmi la végétation touffue. Des pas réguliers et lourds, accompagnés d'un soufflement, d'une respiration régulière ainsi que du bruit d'objets métalliques s'entrechoquant.

- Allons voir, dit Julie.

Ils s'avancèrent sur le rebord du surplomb, rampant dans les fougères afin de se dissimuler.

Là, à quelque dix mètres en contrebas, sur un cheval gris tacheté de blanc, un cavalier de haute taille, à la longue chevelure rousse, progressait dans le sous-bois. Son visage anguleux dénotait une volonté de fer, sa puissante musculature luisait dans les rayons qui passaient au travers des feuillages. Il était vêtu d'une sorte de pantalon de toile, d'une peau de cuir et d'un casque à deux cornes de bronze. A son cou, un torque brillait et étincelait de mille feux. A son côté droit, une épée finement ciselée se balançait au gré des mouvements de la monture.

- D'où il sort celui-là ? souffla Julie.

- Aucune idée, répondit François, presque atone. Incroyable!

- M'est d'avis qu'il vaut mieux faire le mort.

Le cavalier progressait doucement vers le surplomb, empruntant un chemin en lacets, menant sa bête avec dextérité. Son visage devint plus tendu. Il s'arrêta un instant, auscultant les alentours. Son regard ne cessait de se diriger vers les fougères où s'étaient réfugiés les enfants et Julie prit peur.

Elle se dressa soudainement :

- Viens! Viens donc ! Qui es-tu ?

L'irréparable était fait, au grand dam de François qui pestait contre sa cousine. Le cavalier avait tiré son épée étincelante et lancé sa monture vers la Roche des Druides. Ses cheveux roux flottaient dans le vent et bientôt lui et son cheval seraient tout proche.

- Filons! Julie! On s'en va !

- Où ? Comment ?

- La pierre !

- Quoi la pierre ?

Il attrapa la main de sa cousine, tandis que le cavalier se rapprochait dangereusement. Ils se glissèrent sous la roche, rejoignant l'excavation et la pierre violacée. Cette fois, ils n'hésitèrent pas. La terre, le sol, les arbres se mirent à tournoyer tandis que les sons stridents se faisaient à nouveau entendre.

Ils gisaient sur la mousse, les yeux levés vers le ciel à peine tourmenté. François avait consulté sa montre qui semblait fonctionner normalement. Julie, elle, fixait un point précis de l'horizon.

- Regarde, François, la télé, elle est revenue!

5

Il avait été convenu que nul ne soufflerait mot de cette étrange affaire. Aussi, les deux enfants, de retour dans leur famille respective, ne parlèrent ni de leur escapade ni de leur découverte. Ils s'étaient donnés rendez-vous le lendemain, au bas de la Rayeterre, en fin de matinée. François ne pouvait se libérer plus tôt, car il devait aider son père à changer une transmission sur l'un des tracteurs.

Julie, qui l'attendait près de la fontaine, au bas de la côte, vit débouler le vélo de son cousin. Il freina dans un grincement de patins, jeta sa bicyclette contre un bosquet de thuyas et la rejoignit rapidement. Il s'assit près d'elle, sur la margelle de la fontaine, laissant pendre sa main droite dans l'eau fraîche.

- Alors ? lui demanda-t-elle, impatiente.

- Alors ? Guère plus que ce que je pensais. J'ai fait quelques recherches sur internet et le gars croisé hier semble coller avec l'époque celte. Il n'y a rien à dire là-dessus. Et de ton côté ?

- J'ai un peu fouillé dans mes bouquins. Ça colle avec ce que tu viens de dire. Juste un truc, que j'ai repéré sur une image.

- Oui ?

- Le truc doré que le gars portait autour du cou, tu t'en souviens ?

- Oui, il me semble.

- Ca s'appelle un torque et de nos jours ça vaudrait une fortune. De l'or pur, des filaments d'or tressés.

- Pas croyable !

- Et ce torque signifie que ce cavalier est un grand guerrier, un gars de valeur qui a reçu une haute distinction.

- Et si on avait rêvé, si tout ça n'était qu'illusion ou hallucination ?

- Je ne sais pas. Tout a été si rapide et si curieux à la fois…

- Tu sais quoi ?

Julie regarda François dans le sombre de ses prunelles. Il semblait regarder au loin, les yeux perdus dans le vague, tentant d'échafauder un plan. Son expression, à cet instant précis, lui fit même un peu peur. Ce qu'il allait dire maintenant allait les engager tous les deux car il était hors de question qu'elle le laisse tomber. D'ailleurs sa curiosité naturelle l'emporterait sans doute sur la raison.

- On y retourne, voilà, j'ai bien réfléchi, on y retourne.

C'est exactement ce à quoi Julie s'attendait. Comme elle ne répondait pas, il reprit.

- On emmène l'appareil photo, lui ne peut rêver ou être sujet aux hallucinations. Qu'en dis-tu ?

- J'en dis que c'est ça ou on oublie tout et je crois qu'on ne peut oublier. C'est pour quand ?

- Demain, demain matin. Cet après-midi je dois faner près du Bornabois. Il reste quelques andains qu'on préférerait ne pas perdre. La météo n'est pas fameuse, on annonce une semaine prochaine plutôt pluvieuse. Ça marche pour toi ?

- Je crois. Maman a des courses à faire et mon frère a été réquisitionné par le père Martin pour lui rafistoler sa grange qui part en morceaux.

- Prépare-toi un sac avec un minimum de nourriture, de boisson. De mon côté, je m'occupe de l'appareil photo et j'emmène mon portable.

Ce qui fit rire Julie.

- Pourquoi ? Tu veux téléphoner à Jules César ?

François se rendit compte du ridicule de cette idée et se mit à rire aussi. Si vraiment cette pierre violette permettait de rejoindre une époque fort reculée, le téléphone ne serait d'aucune utilité.

A cet instant, une vieille 4L poussive entamait l'ascension de la Rayeterre. C'était le père Koenig qui rendait visite à ses mirabelliers, plus haut, dans une chenevière. Malheureusement, et ce pour la troisième année consécutive, les arbres ne donnaient pas ou peu. Il fit un geste de la main aux deux enfants qui lui rendirent son salut. Sympa le père Koenig, un peu bourru comme ça, mais toujours près à rendre service quand il le fallait. Sa 4L disparut au sommet de la côte, dans un nuage bleuté.

- Bon c'est pas tout Julie, faut que je file. A demain donc. On se retrouve au bas du Beau-Soleil, devant chez Rimela.

- Ca marche cousin. Fais de beaux rêves.

On ne sait pas si François fit de beaux rêves, mais Julie, elle, passa sa nuit à repasser l'histoire des Celtes. De chevaux en boucliers, de casques en épées et de torques en bracelets sertis de pierreries, elle vit défiler dans le bleu de ses rêves la Gaule toute entière. Et il y avait cette pierre violette qui ne cessait de briller et aussi ce vieillard à la longue barbe blanche, vêtu d'une sorte de drap blanc qui la contemplait d'un regard bienveillant.

6

Ils avaient tous deux repris leurs vélos et se dirigeaient vers la Croix de Fer. En chemin, ils croisèrent des camions tchèques transportant des billes de bois. Il faut dire que les dégâts causés par la tempête donnaient du travail pour au moins les cinq années à venir. Il y avait tant de troncs à évacuer que l'on ne semblait pas voir le bout du tunnel. Le département avait fait appel à ces transporteurs venus de l'Europe de l'Est et demandé l'aide des broyeuses suédoises, machines qui dévoraient les souches, les réduisaient en fine poussière mais se louaient à prix d'or.

Le ciel était d'un bleu parfait, aucun nuage ne venant troubler la voûte céleste. L'air vrombissait de la multitude des insectes à l'ouvrage, abeilles, guêpes, bourdons, frelons… Il embaumait aussi du parfum sucré des mûres qui venaient à maturité. Des buses tournoyaient à la recherche d'une éventuelle proie et des geais filaient entre les sapins rescapés, poussant leur cri caractéristique, court et strident.

Curieusement et contrairement à l'avant-veille, ils grimpèrent beaucoup plus facilement la côte menant à la Cabane des Chasseurs puis à la Croix de Fer. Ils dissimulèrent leurs bicyclettes derrière un bosquet touffu de genêts et continuèrent leur chemin à pied. François avait pris soin d'emporter, en plus de l'appareil photo, une paire de jumelles, histoire de vérifier l'aspect du paysage avec plus de précision. Ils atteignirent assez rapidement la Roche des Druides, ne s'étant pas souciés, cette fois, des guêpes et frelons qui vrombissaient au-dessus des mûriers. Ils s'arrêtèrent un instant au-dessus de l'excavation, s'auscultant mutuellement du regard.

- Alors ? C'est décidé ? demanda Julie, à la fois tentée et inquiète.

- On n'a pas vraiment le choix. Soit on a rêvé, soit il y a truc terrible à découvrir. Et on ne peut pas laisser passer ça.

- Tu as raison, on y va. Finalement, ce n'est peut-être qu'une espèce d'illusion et on ne risque pas grand chose.

Ils tentaient de se motiver l'un l'autre, tiraillés entre le désir d'en savoir plus et la raison qui leur dictait de ne pas tenter cette aventure sans doute folle et risquée. Mais que ne ferait-on à dix et quinze ans lorsque l'on a traversé une pierre violette qui vous emmène tout droit au pays des Celtes. Que feriez-vous, vous, lecteur, dans cette situation précise ?

Ils se comprirent d'un regard et se glissèrent dans l'excavation. La pierre violette était toujours là et brillait doucement dans la pénombre. Leurs mains s'unirent et c'est ensemble qu'ils palpèrent la surface de la roche. Comme l'autre fois, ils se sentirent comme aspirés, avalés par la matière. Les arbres tournoyaient, des sons aigus se faisaient entendre, presque insupportables. De nouveaux éclairs violacés les aveuglaient et ils se retrouvèrent assis au pied de la Roche des Druides, le silence étant retombé soudainement.

- Bien, nous y voilà, dit François, tout juste remis de ce curieux voyage.

Il sortit les jumelles de son sac et scruta l'horizon, en direction de l'est.

- Pas de doute, le Donon n'est pas comme d'habitude.

- Tu vois quelque chose ?

- Oui, enfin, non. Regarde toi-même. L'antenne n'est pas là, mais le temple Velléda non plus.

- Le temple Velléda ?

- Oui, tu sais bien, non, tu ne sais pas, le temple construit à l'époque gallo-romaine au sommet du Donon.

Julie le regarda avec des yeux ronds.

- Comment ça ?

- Ca veut dire que nous sommes là, au sommet de cette Roche, à une époque où l'autel Velléda n'a pas encore été construit.

- Donc avant l'invasion romaine.

- Tout juste ma belle. Je vois que tu as au moins suivi les cours d'Histoire de M. Claude.

- Alors c'est pas une blague, cette pierre, ce cavalier.

- Apparemment pas. Et puis, regarde la forêt, si touffue, si dense, ces chênes et ces fougères. Ah, encore un truc à vérifier.

François se leva pour contourner la Roche, empruntant le sentier circulaire.

- Eh! François ! Me laisse pas seule !

Il ne répondit pas, disparut quelques instants pour réapparaître quelques secondes plus tard de l'autre côté de la Roche. Il semblait à la fois perplexe et inquiet. Il désigna le sentier en contrebas.

- C'est bien ce que je pensais. Les pancartes, tu sais, celles du club Vosgien, pour les chemins, pas de trace, rien.

- Donc…

- Oui.

Les deux enfants n'osaient y croire. Cette pierre les avait transportés, par un procédé inconnu, en des temps reculés. Sans doute à une époque où les Celtes peuplaient la région, avant l'invasion romaine, donc, aux dires de François, entre 400 et 50 avant J.C.

- Si on allait explorer un peu, qu'en penses-tu ? demanda-t-il. On peut redescendre vers la Croix de Fer, voir si nos vélos sont toujours là !

- Maintenant qu'on est ici, on aurait tort de se priver. Et puis, on a le temps.

- Ça, je ne sais pas. C'est comme l'autre fois, ma montre n'indique que des "huit".

Ils burent une gorgée du sirop de pommes que Julie avait mis dans sa gourde et ils croquèrent une barre de céréales aux pruneaux. Un silence pesant régnait sur la forêt et si cette fois, aucun cavalier ne pointait le bout de son nez, ce calme n'en était pas moins inquiétant.

- Allez, on y va. On va faire comme si on voulait récupérer nos vélos, vers la Croix de Fer, qui n'existe sûrement pas encore.

Ils prirent le sentier qui longeait la Roche et traversèrent le plateau qui était une forêt de jeunes hêtres. Les mûriers n'étaient pas là et les frelons non plus. Le sentier, lui aussi était différent, beaucoup moins marqué, se distinguant uniquement par les herbes couchées par des passages d'hommes ou de bêtes. Ils atteignirent le carrefour du Grand Retour, passage obligé vers la Croix de Fer. Le carrefour était méconnaissable. Les deux grands sentiers de sable avaient disparu et le croisement des chemins était à peine distinct.

- Tu vois, dit François, tous ces chemins ne semblent en fait que l'ébauche de ceux que nous connaissons à notre époque. Mais ce qui est certain, c'est qu'ils sont sans doute empruntés par des hommes et des chevaux.

Cela n'avait pas de quoi rassurer Julie, qui malgré son goût immodéré pour le risque se demandait dans quelle aventure elle venait de s'embarquer. Etait-il encore temps de faire demi-tour, de tout abandonner ? Pouvait-on repasser la porte de la pierre violette, rentrer chez soi et faire comme si de rien n'était ? A vrai dire non. Aussi, décida-t-elle de poursuivre l'aventure et de faire confiance à son cousin qui lui, aveuglé par l'affaire, n'était pas prêt de s'arrêter en si bon chemin.

A cet endroit du sentier à peine discernable, les grands arbres, au-dessus de leurs têtes, faisaient comme une voûte qui laissait peu passer la lumière du jour. Cela inquiéta Julie qui tira François par le bras:

- Attends, on voit rien. C'est pas fameux par ici.

- On y est presque, la Croix de Fer est là, ou devrait être là, à deux cents mètres à peine.

- Et alors, qu'est-ce que ça change ? Je sens pas ce coin là.

- Des trucs de filles ça! Allez, on y est.

Un bruissement d'abord ténu puis allant en s'amplifiant se fit entendre, venant du sommet des chênes. Avant qu'ils aient eu le temps de réagir, les deux enfants se retrouvèrent enserrés, prisonniers dans un filet de corde grossière qui s'était abattu sur eux. Aussitôt, surgissant du sous-bois, une douzaine de colosses roux, armés de haches menaçantes les entourèrent, scrutant leurs prises d'un air satisfait. On ne dénotait pas d'hostilité particulière sur leurs visages ou dans leurs regards mais on les sentait prêts à tout faire pour que les prisonniers ne puissent s'échapper. D'ailleurs, l'auraient-il pu ?

Puis, après avoir formé un arc de cercle autour des filets, ils se reculèrent pour céder la place à un vieillard vêtu de blanc, à la longue barbe blanche et que Julie avait vu en rêve. Il s'approcha du filet, détaillant les deux jeunes prisonniers:

- clach', clach'

7

Ce n'est qu'une fois remis de leur surprise que les enfants prirent peur. Tout s'était passé si rapidement qu'ils n'avaient pas eu le temps de réagir et de comprendre vraiment ce qui leur arrivait. Julie eut beau se pincer plusieurs fois, elle ne vivait pas un mauvais rêve ou un cauchemar. Cette situation si exceptionnelle était bien réelle, ainsi que les colosses roux, les casques, les épées, le vieillard à la barbe blanche. François ne semblait pas plus rassuré. A travers le tumulte des voix qui prononçaient des mots incompréhensibles, Julie souffla à son cousin :

- C'est pas possible ! François ! Fais quelque chose !

- Julie, qu'est-ce que tu veux que je fasse ? Il me semble qu'on est coincés, pour le moment du moins. Attendons la suite.

- T'en as de bonnes! Et s'il leur prend l'envie de nous découper en rondelles ou de nous faire cuire à petit feu?

Ils ne purent continuer cette conversation. Le filet qui les maintenait prisonniers fut hissé, par deux colosses, sur le plat d'une charrette, tirée par deux chevaux gris, qui venait d'apparaître sur le sentier. Le convoi se mit en marche, des hommes précédant la charrette, d'autres la suivant, le vieillard à barbe blanche menant la troupe. La colonne ainsi formée se dirigeait lentement, mais sûrement, vers un lieu que François tentait d'identifier.

- Le Grand retour ! Voilà ! Ils vont vers le Grand Retour !

- Qu'est-ce que tu racontes ? demanda Julie.

- Je crois que l'on se dirige vers le plateau du Grand Retour, celui qui se trouve derrière la Croix de Fer, au-dessus de la Vallée de Châtillon.

Mal installé sur le plat de la charrette, enserré dans les mailles du filet de corde, François tentait, tant bien que mal, de suivre l'avancée de la troupe. La forêt était beaucoup plus dense que celle qu'il connaissait si bien et le plateau du Grand Retour, logiquement une lande à la végétation rabougrie, ressemblait ici à une forêt serrée de hêtres élancés. Ils progressèrent ainsi pendant un bon quart d'heure, ballottés par les irrégularités du sol, car visiblement, la charrette avait quitté le sentier et évoluait difficilement entre les arbres.

La forêt de hêtres s'estompa soudain, laissant place à une vaste clairière. En son centre, des huttes de branchages supportant des peaux de bêtes. Ce qui fit supposer à François que cette tribu celte était plutôt du type nomade. Des feux de bois brûlaient, ici et là, entre la dizaine de huttes et des femmes et des enfants à demi-nus accouraient au devant du convoi. Des cris montaient de toute part et ce fut bientôt une bonne centaine d'individus qui entoura les prisonniers.

Un colosse saisit le filet d'une main comme s'il ne s'agissait que d'un simple fétu de paille et le déposa sur le sol moussu. Saisissant l'épée courte qu'il portait à la ceinture, il trancha la trame de cordes et les enfants se trouvèrent libres. Ils se redressèrent, les muscles endoloris par la position inconfortable qu'ils venaient de subir.

L'homme les regardait sans méchanceté particulière. Il rengaina son arme et les poussa, sans ménagement mais sans violence non plus, vers une hutte centrale, plus élevée que les autres, située à quelques dizaines de mètres de là.

- Eh ! cria Julie, se retournant vers le colosse. Où on va comme ça ?

L'homme ne répondit pas et se contenta de lui désigner la hutte.

- Te fatigue pas Julie, il ne doit pas comprendre ce que tu lui racontes.

- Et alors ? J'aime pas trop ses manières. Et puis j'aimerais qu'on m'explique…

La foule des curieux, femmes, enfants, artisans, guerriers, s'était ouverte pour les laisser avancer. De la hutte centrale, de dessous les peaux animales servant de toiture, le vieillard à la longue barbe blanche était apparu. Le silence se fit. Il s'approcha des enfants, levant ses deux mains vers le ciel. Des mots incompréhensibles s'échappaient de ses lèvres et c'est tout juste si François put noter que les termes de " dia " ou encore " adhan ", revenaient de façon fréquente. Quand le vieillard eut finit de parler, il fit signe à l'un des guerriers qui l'entouraient. Celui-ci gagna la hutte, disparut quelques instants et revint porteur d'un objet qu'il lui remit. Cet objet, le vieillard le posa bien à plat sur ses deux mains grandes ouvertes et le présenta aux enfants, l'élevant vers le ciel. Il s'agissait d'une pierre violette, taillée dans une roche translucide. Une sorte de réplique de la pierre qui se trouvait sous la Roche des Druides. Une clameur s'éleva de la foule réunit. Cette clameur, faite de "o" et de "a", se transforma lentement en une sorte de mélopée qui gagna en intensité. Ce chant, qui résonnait dans toute la clairière prit une puissance inimaginable et les ondes sonores pénétrèrent la pierre qui se mit à briller doucement.

8

Les chants s'étaient tus et la pierre avait repris un aspect terne. Julie et François se regardaient, étonnés par l'étrange phénomène dont ils venaient d'être spectateurs. Le vieillard avait, d'un geste de la main, fait signe à deux guerriers qui s'approchèrent et intimèrent aux enfants de gagner l'une des huttes, située sur la droite du campement.

Ils les guidèrent jusqu'à l'entrée de la tente, leur faisant comprendre qu'ils devaient y entrer. Les enfants ne se firent pas prier. D'ailleurs, avaient-ils réellement le choix ?

Durant ces quelques instants, aucun geste brusque ou brutal n'avait été émis de la part des guerriers et l'on se demandait même si les Celtes ne prenaient pas certains égards envers leurs "invités". Cela eut pour effet de rassurer les deux enfants.

- Qu'est-ce que tu penses de tout ça ? demanda Julie.

- Je ne sais pas trop. N'ont pas l'air de nous vouloir du mal. Et puis il y a cette mini-pierre violette que tenait le vieillard. Curieux non ?

- On dirait une parfaite réplique de l'autre, la vraie. Et puis, tu as vu comme elle s'est mise à briller lorsqu'ils chantaient tous.

- Un drôle de phénomène. Ce qui m'embête, c'est que malgré leur attitude relativement sympa, on soit bloqués ici.

- C'est bien ce que tu voulais non ? Les voir, en être sûr, faire des photos et tout le bazar ?

François ne sut que répondre. Julie avait raison. Cette situation dans laquelle ils se trouvaient maintenant, il l'avait provoquée et ne devait ni s'en étonner, ni regretter les faits. Il fallait maintenant s'adapter et attendre la suite des événements. Néanmoins, il essayait de comprendre, de faire le lien entre cette pierre violette, la vraie, la grande, la petite aussi, le vieillard à barbe blanche et les égards que l'on semblait leur porter.

- Dis voir, Julie, ce vieillard à barbe blanche, ce doit être un druide, non ?

- Sans doute. Dans ce cas, c'est lui qui dirige ce campement et donne les directives.

- Oui, il s'appuie sur la religion, sur les croyances de son peuple et fait la pluie et le beau temps. Mais cette pierre qu'il tenait ?

Ils ne purent poursuivre leur conversation. Un colosse armé d'une lance se présenta, prononça une suite de mots incompréhensibles mais ils devinèrent à ses gestes qu'ils devaient le suivre. Quittant la tente, ils se dirigèrent vers la hutte centrale. Ils furent invités à y pénétrer, rejoignant un groupe d'une dizaine d'hommes assis en tailleur à même le sol de terre battue et formant un cercle. Il s'agissait de guerriers, tous portant un torque autour du cou. Le vieillard à la barbe blanche faisait partie du groupe. Un feu moribond dégageait quelques fumerolles au centre du groupe et les convives dégustaient à belles dents des morceaux de viande grillée posés à même le sol. Une sorte de vase de terre cuite circulait de main en main.

- Ca me fait penser que j'ai un creux, dit Julie.

- Te gêne pas, demande leur un bout.

Ce ne fut pas nécessaire. Le guerrier qui leur servait de guide les invita à prendre place dans le cercle et l'un des colosses leur proposa un morceau de viande. N'osant refuser, ils prirent le morceau qu'on leur présentait. Julie croqua à belles dents. Cela avait plutôt bon goût. La chair était ferme, légèrement brune et parfumée. Comme leur estomac criait famine, ils apprécièrent de manger quelque chose.

- Du chevreuil, du chevreuil, déclara François. C'est ça. Mon père en chasse de temps à autre. J'en ai déjà goûté à la ferme.

- C'est pas mauvais. Et puis ils ont dû y mettre des herbes. Ca sent bon.

Le vieillard poussa un grognement, ses yeux lançant des éclairs de reproche. François et Julie en conclurent qu'il valait peut-être mieux se taire. Ensuite une discussion à laquelle ils ne comprirent un traître mot se mit en route entre les personnes présentes dans la hutte. Les voix étaient graves et fortes, les sons gutturaux. Il était fréquent que trois ou quatre colosses parlent à la fois, mais lorsque cela s'avérait nécessaire, le vieillard, d'un seul geste de la main, ramenait le silence. Cela dura un bon quart d'heure et François et Julie se doutaient que le sujet de cette discussion était, leur présence parmi les Celtes, leur venue parmi cette tribu, cela grâce à la pierre violette. Le vieillard se leva, s'approcha des enfants, les fixant longuement dans les yeux, à tour de rôle. Puis, saisissant une fine baguette qui traînait sur le sol, il se mit à dessiner. Tout d'abord un astre que les enfants identifièrent comme étant la lune – " gealach ", répétait le vieillard - puis ce qui pouvait ressembler à une espèce d'avion ou d'aéronef – étonnant pour l'époque ! – puis enfin la Roche des Druides par laquelle les enfants étaient venus.

Sans doute le vieillard attendait-il une réponse. Alors François dessina deux enfants, se représentant ainsi que sa cousine, traça ce qui pouvait symboliser la pierre violette et une flèche la traversant. Le vieillard et les guerriers hochèrent la tête en signe d'approbation. Le message semblait être passé.

Alors, le vieillard se tourna vers ses condisciples et les harangua un long moment, sa voix se faisant forte et persuasive. Au terme de son discours, les guerriers se levèrent, saisissant l'épée qu'ils portaient à la ceinture, la brandissant au-dessus de leur tête en poussant des cris qui résonnèrent violemment. Cette scène impressionna fortement les enfants qui se dirent que quelque chose devait se préparer.

Au dehors, alors que la nuit commençait à tomber et que les abords des huttes étaient maintenant déserts, un vent assez fort s'était mis à souffler. Des éclairs verdâtres illuminaient le ciel et une pluie lourde commença à tomber, les gouttes éclatant avec un bruit sec sur les peaux tendues des huttes. Le tonnerre résonna de vallée en vallée.

Des femmes, surgissant dont ne savait où, accoururent en poussant des cris aigus. Elles s'expliquèrent rapidement avec le vieillard et les guerriers. Une sorte de vent de panique se mit à souffler sur l'assemblée comme si un danger imminent venait de se faire jour. Les guerriers quittèrent la hutte, pour, sous la pluie battante, se déployer autour des tentes, comme pour les protéger. A la faveur des éclairs, on distingua alors une troupe de cavaliers, vêtus de peaux de cuir et coiffés de casques à deux pointes, qui s'élançaient entre les huttes, faisant tournoyer leur épée au-dessus de leur tête. Une lutte âpre s'engagea alors, les cris des combattants et les chocs métalliques des armes étant couverts par le bruit de la pluie et le grondement de l'orage.

9

Le combat faisait rage. D'un côté les guerriers à pied, de l'autre les cavaliers, maniant la longue épée à poignée de bronze et tentant d'abattre les défenseurs. Plusieurs agresseurs furent mis au sol car les guerriers avaient sectionné, d'un habile coup de poignard, les tendons des chevaux qui s'étaient aussitôt effondrés, poussant des hennissements couvrant le bruit du tonnerre. Deux combats s'engagèrent alors. Celui des hommes qui se trouvaient à terre et donc à égalité de niveau, et celui de ceux qui profitaient encore de l'avantage d'être sur des chevaux. A tout ceci vint encore s'ajouter la présence des femmes, qui, sortant des huttes, lançaient toutes sortes de projectiles sur les assaillants. Mais de l'ombre de la forêt environnante surgirent encore et encore d'autres cavaliers. Si bien qu'au bout de quelques instants, les défenseurs du campement furent submergés par le nombre et durent s'avouer vaincus, déposant leurs armes au pied des vainqueurs.

Comme le veut la tradition celte, il ne leur fut fait aucun mal. Seul comptait la victoire acquise, sur l'instant. Le combattant, reconnaissant sa défaite, était laissé en vie. Il arrivait que parfois, il soit fait prisonnier et emmené comme esclave devant travailler pour la tribu adverse mais tel ici ne fut pas le cas. Apparemment, les nouveaux venus étaient à la recherche d'autre chose. Leur objectif dépassait la simple rivalité tribale.

L'un des cavaliers posa pied à terre, confiant son cheval noir à l'un de ses compagnons. Il était de haute taille, pas loin de deux mètres, ses longs cheveux blonds décolorés flottant dans le vent. Sa musculature puissante brillait, trempée de sueur et de l'eau de l'averse récente. Dans sa main droite, une lourde hache, tandis qu'à son côté, une longue épée de fer battait contre sa cuisse. Son regard se dirigea vers la hutte centrale tandis qu'un sourire éclairait son visage.

Déjà, le vieillard à barbe blanche s'était avancé, sans crainte, ayant deviné, sans doute, les intentions du cavalier.

Les deux hommes se firent face, à un mètre l'un de l'autre, se dévisageant mutuellement. Une brève discussion s'ensuivit, tandis que le vieillard remettait au guerrier un objet de petite taille, enveloppé dans un tissu brun. François eut, une fois de plus, l'impression que Julie et lui-même faisaient partie du discours. Il ne devait pas se tromper car le guerrier se tourna soudainement vers les deux enfants, son sourire se faisant encore plus large. Il fit un signe aux hommes qui se tenaient en arrière et deux d'entre eux, deux colosses bruns aux longues moustaches torsadées s'approchèrent, les saisissant par les bras, sans ménagement cette fois, et les obligeant à rejoindre l'arrière de la clairière. Julie avait bien tenté de protester et de crier, mais la poigne qui la maintenait ne s'en était faite que plus rude.

Il y eut encore quelques paroles échangées entre le cavalier et le vieillard, puis, les agresseurs se retirèrent, regagnèrent leurs montures. Julie et François furent hissés chacun sur un cheval et la troupe disparut dans le noir, se coulant prestement entre les sapins.

La course effrénée dura un long moment, du moins selon l'estimation des enfants. D'ailleurs la montre de François n'indiquait que des " huit " et puis installé et ballotté comme il l'était sur le cheval, il aurait eu beaucoup de mal à la consulter. Tout comme Julie, il se cramponnait avec fermeté à la ceinture de cuir du cavalier qui menait la monture. Les chevaux, lancés à grande vitesse, circulaient rapidement entre les troncs malgré la nuit presque noire. On devinait, sur les côtés, les silhouettes de sangliers ou de chevreuils effrayés et Julie crut même apercevoir quelques loups, ce qui ne la rassura pas davantage.

Enfin, après une chevauchée éprouvante et qui avait paru interminable, les cavaliers, au nombre d'une bonne trentaine, se retrouvèrent dans une large clairière éclairée par de multiples feux de branchages. Des huttes de cuir, semblables à celles du précédent campement, occupaient l'esplanade. Une foule de femmes et d'enfants accueillit les arrivants en poussant des cris qui semblaient être de joie lorsqu'ils aperçurent François et Julie. Un homme de haute taille, vêtu de cuir rougeâtre, le visage anguleux et barré d'une profonde cicatrice, s'approcha des enfants qu'un colosse avait déposés à terre.

Il les dévisagea longuement, son regard allant plusieurs fois de l'un à l'autre. Ses yeux, d'un noir profond semblaient intimer la volonté et la force autant que la crainte et le questionnement. Finalement, après cet examen visuel, il lança, d'une voix forte et bourrue, ce qui ressemblait à des ordres. Deux colosses empoignèrent les enfants, les dirigeant vers une hutte toute proche. Ils furent contraints d'y pénétrer, de s'asseoir à même le sol, l'un des deux guerriers se plaçant comme garde devant la tenture qui servait de porte. Au dehors, la foule s'était dispersée et le campement était redevenu plus calme.

- Eh bien, dit Julie, nous v'la bien. Et ma mère qui a dû rentrer des courses et qui doit s'inquiéter!

- Et moi donc ! En soirée, nous devions retaper la charrette à foin dont l'essieu arrière donne des signes de faiblesse. Qu'est-ce que je vais prendre en rentrant !

- Parce que tu crois encore que tu vas rentrer ce soir ? Mais je rêve ! Mon pauvre François, je ne sais pas si tu te rends bien compte. Nous sommes quelque part vers 500 avant J.C., dans un campement celte. Ces gars-là viennent de nous enlever à l'autre tribu. En plus, ils n'ont pas l'air de rigoler. Alors, ta charrette !

François la regarda, le regard très triste.

- C'est ma faute tout ça. C'est ma faute. J'aurais pas dû t'embarquer là-dedans. J'aurais dû en parler à personne et y aller tout seul.

- C'est ça, c'est malin. Comme ça personne ne saurait où tu es. Alors que moi, je le sais.

François écarquilla les yeux. Décidément, cette fille arriverait toujours à l'étonner. Dans le même bateau, dans les mêmes ennuis, la même situation apparemment sans issue, Julie se disait que le fait qu'elle soit là pouvait tout changer et ouvrir d'autres portes.

- Que proposes-tu ?

- D'abord de leur faire comprendre qu'on a faim. C'est pas le minuscule morceau de chevreuil de tout à l'heure qui m'a suffi. Moi, les balades à cheval en forêt, ça me creuse.

- Evidemment, mademoiselle ne pense qu'à son estomac !

- Non, je pense aussi à ton appareil photo numérique. On pourrait peut-être les épater avec ton engin, histoire de leur montrer ce qu'on sait faire.

- Comment ça ?

- Y a un flash sur ton truc ?

- Bien sûr.

- Parfait.

A cet instant, le guerrier qui montait la garde laissa entrer un autre personnage, tout de toile grise vêtu et qui portait un plateau de bronze garni de victuailles : viande grillée, petits légumes verdâtres ressemblant à des choux miniatures, soucoupes de terre emplies de mûres et gobelets métalliques remplis d'un liquide jaunâtre et sirupeux. Il y avait là de quoi se régaler, sans doute.

- Tu vois, dit Julie, un large sourire malicieux aux lèvres. Ca s'annonce plutôt bien. Commençons par reprendre des forces. Il n'est pas donné à tout le monde de pouvoir déguster, comme ça, à l'occasion d'une balade en forêt, un authentique repas celte !

Et ils croquèrent à belles dents ce repas venu du fond des âges et qui à bien y regarder, se révéla succulent.

10

A peine ce repas englouti, le gardien fit de nouveau son apparition et fit comprendre aux deux enfants qu'ils devaient le suivre. Ils n'hésitèrent pas l'ombre d'une seconde car l'inactivité commençait à leur peser et Julie se sentait réellement des fourmis dans les jambes. Elle, toujours habituée à aller par monts et par vaux, ne tenant jamais en place un seul instant, n'était pas mécontente de pouvoir bouger un tant soit peu. François semblait inquiet, se demandant sans doute comment sortir de cette situation si particulière mais

Julie lui envoya un regard enjoué qui lui redonna un peu de confiance. Il est vrai qu'avec Julie, on pouvait s'attendre à tout, au pire et au meilleur.

Devant la hutte qui les avait abrités, sur l'esplanade de cette clairière bordée de hauts sapins majestueux, une foule nombreuse se pressait. Des femmes, des enfants, des artisans, très peu de vieilles personnes. Sur le pourtour de la clairière, des cavaliers en armes formaient un rempart impressionnant. Tous, montés sur de fins chevaux gris, étaient des hommes de haute stature, à la musculature puissante. Leurs visages, aux regards profonds, reflétaient une volonté et une force intérieure certaines. Ils portaient tous un torque doré et les longues épées qui se balançaient à leur côté renvoyaient les lueurs des feux allumés. Ils étaient au nombre d'une trentaine et pour le moment, immobiles sur leurs montures, ils se contentaient de surveiller la foule rassemblée.

François et Julie furent menés au centre de la clairière, faisant face à cette foule qui était silencieuse. Ils avaient le sentiment étrange que quelque chose allait se passer, devait se passer. Des centaines d'yeux les fixaient, avec une curiosité telle qu'ils en furent ébranlés, impressionnés.

- Dis donc, souffla Julie, j'ai l'impression qu'ils attendent quelque chose.

- Ouais, curieux. Mais si on les déçoit, on ne vaudra pas très cher.

A cet instant, le cercle des cavaliers s'ouvrit, sur l'arrière, et la foule créa une sorte de passage. Du bout de la clairière, sur un magnifique cheval noir, un nouveau personnage fit son apparition. Il était de haute taille, vêtu d'une peau brune et épaisse qui aurait pu être celle d'un ours. Son visage, dur et volontaire était coiffé d'un casque à ailes dorées. L'épée qui battait le flanc de l'animal brillait dans la pénombre et la poignée de bronze était sertie de pierreries. Il s'avança lentement vers les enfants, arrêtant son cheval à quelques mètres à peine. D'une voix grave et puissante, il énonça une multitude de phrases que François et Julie ne purent comprendre. Certaines de ses paroles, qu'il prononça en levant son épée vers le ciel, furent reprises en chœur par la foule rassemblée et tout l'espace s'emplit d'une sorte de mélopée qui monta vers le ciel et allait en s'amplifiant.

Brusquement, sur un signe du cavalier, le silence se fit.

- François, il faut faire quelque chose. Je crois qu'ils attendent quelque chose.

- Qu'est-ce que tu veux que ….

- Vite, ton appareil !

François fouilla rapidement dans son sac et en sortit son petit appareil photo numérique. Il visa rapidement la foule, le cavalier et pressa le déclencheur. Clic ! Le flash blanc et aveuglant illumina l'espace une fraction de seconde, ne surprenant pas, apparemment du moins, les spectateurs, qui aussitôt se mirent à pousser ce qui ressemblait à des cris de joie. François se paya le luxe de refaire une deuxième prise de vue et la foule entra dans une liesse surprenante. Les femmes prenaient leurs enfants dans les bras, les embrassant, les serrant tout contre elles, les artisans dansaient sur place et les cavaliers faisaient cliqueter leurs harnachements. Alors, le guerrier à l'épée sertie leva son arme vers le ciel et de sous son épais vêtement de cuir, fit apparaître la pierre violette que les enfants avaient déjà entrevue au précédent campement. Il la tenait à bout de bras, en dressant la pointe aiguë vers le ciel. Des nuages noirs, qui menaçaient depuis un moment, s'amoncelèrent au-dessus de la clairière. Ils crevèrent d'un coup, délivrant des torrents d'une eau fraîche qui inondèrent la clairière. Des éclairs illuminèrent le ciel et le tonnerre résonna dans la profonde forêt. Les hommes et les femmes goûtaient, avec plaisir, sembla-t-il, ce déchaînement de la nature. Ils ouvraient les bras, laissaient ruisseler l'eau sur leurs visages et chaque éclair et grondement était accompagné d'un grand cri de joie. Des sortes de volutes violacées apparurent entre les arbres bordant la clairière. Ces volutes, tout d'abord très diffuses et floues, finirent par prendre forme. Une forme que les enfants purent identifier au fur et à mesure de la construction de cette image pour le moins curieuse. Un vieillard à la longue barbe blanche qui semblait les dévisager.

11

Une charrette tirée par deux fougueux chevaux bruns fit son apparition. Les éclairs avaient cessé et l'image du druide s'était estompée. Le guerrier au cheval noir avait rangé son épée et glissé la pierre violette sous sa peau de cuir. Quelques soldats, sortant du rang de ceux qui gardaient le pourtour de la clairière, firent comprendre aux enfants qu'ils devaient grimper sur la charrette. Les enfants, heureusement, avaient l'habitude de ce genre de moyen de transport et c'est sans difficulté qu'ils se hissèrent sur le plateau. François en profita pour constater que le véhicule ne différait guère de ceux utilisés au XXI° siècle. Seules les fixations des différentes parties assurant la solidité de l'ensemble étaient de bois, alors que le métal était ensuite devenu plus courant. Les boulons, équerres et cornières avaient remplacé les chevilles et tenons qu'il avait sous les yeux. La troupe des cavaliers précédait la carriole qui s'était engagée sur un large chemin herbu descendant en pente douce. La lune, presque pleine, éclairait le paysage car les nuages, poussés par un vent d'altitude, s'étaient enfuis. Cependant, la température était assez clémente et les enfants ne souffraient pas du froid. Ils observaient les alentours, François essayant de prendre des repères, Julie guettant derrière chaque arbre les ombres d'animaux imaginaires. Une silhouette véloce surgit entre deux sapins, zigzaguant entre les arbres, bondissant par-dessus les talus. Le soldat qui fermait la marche ne perdit pas de temps. Saisissant la longue lance qui pendait sur le côté de sa monture, il propulsa l'arme d'un geste assuré et il dut faire mouche, car l'ombre s'écrasa au sol, comme foudroyée. Le guerrier dépassa la carriole, intima aux chevaux de stopper et gagna le sous-bois. Il en revint quelques minutes plus tard, son cheval tirant le cadavre du cerf qu'il venait de toucher. La bête fut désentravée et le guerrier, la soulevant sans effort notoire la déposa sur le plateau de la charrette, aux côtés des enfants qui n'en croyaient pas leurs yeux. Ce guerrier, dans une semi-pénombre, d'un seul jet de javelot, avait abattu un cerf bondissant à plus de quarante mètres. De quoi donner des leçons aux chasseurs qui hantaient les forêts de Valaumont, revenant souvent bredouilles et dégommant plus de pommes de pin que de gibier. Les flancs de la bête frémissaient encore et un léger brouillard s'échappait de ses naseaux. Son œil terne regardait vers nulle part tandis que ses pattes étaient saisies de soubresauts. François caressa le front de l'animal qui tourna une dernière fois vers lui un œil vide qui finit par s'éteindre de toute vie.

- Tu crois qu'on va où comme ça ? demanda Julie.

- Aucune idée. En tout cas, ils ont l'air pressés et puis ils font des réserves en route.

- Ils veulent sans doute nous montrer quelque chose. C'est marrant, mais depuis le début, j'ai comme l'impression qu'ils nous attendaient.

- Oui et puis aussi, c'est comme si on devait faire quelque chose, comme si une mission nous était confiée. J'aimerais comprendre.

- Avec ce fichu charabia, rien à faire. N'empêche qu'on s'est mis dans un drôle de truc. Si les copains voyaient ça!

- Je n'arrive pas trop à repérer les lieux. Depuis la chevauchée de tout à l'heure, j'ai pas vraiment pu estimer la distance. La seule chose dont je sois à peu près sûr, c'est qu'on a filé plein nord, à cause de la lune, donc vers le Blanc Rupt.

- Tiens! Regarde! On sort de la forêt.

Les cavaliers de tête avaient stoppé et s'étaient rassemblés sur la pente douce d'une colline. La forêt faisait place à une vallée très ouverte, très verdoyante. La lumière de la lune permettait de distinguer une plaine de quelques kilomètres de long dans laquelle le ruban argenté d'une rivière dessinait un tracé sinueux. D'après l'attitude des guerriers, les enfants comprirent que le voyage s'arrêtait là pour le moment, que des feux se préparaient et que l'on passerait le restant de la nuit à l'orée de la forêt. Des huttes de branchages furent rapidement édifiées, tandis que des gardes se dispersaient alentours. Le cavalier noir donnait, d'une voix forte et grave, des ordres précis auxquels ses compagnons obéissaient sur-le-champ. Le gibier recueilli en chemin fut rapidement cuit sur des feux de fortune et chacun put se restaurer. Même les enfants, qui furent intégrés dans le cercle des campeurs de ces temps reculés, goûtèrent au repas et purent se rassasier.

Des pots de terre circulaient de main en main et chacun put y boire une eau fraîche qu'un des soldats avait puisée au ruisseau tout proche. Pendant tous ces instants où les événements s'étaient enchaînés si rapidement, les enfants n'avaient plus songé un seul instant à leur famille, à leur maison, aux questions que devaient se poser leurs parents et leurs proches. Et puis, ils tombaient de sommeil, harassés, fatigués, exténués par cette journée hors du commun, par ces chevauchées et cavalcades en forêt, par ces événements pour le moins surprenants. Ils s'allongèrent sur le sol moussu, à quelques mètres d'un feu qui dispensait une bonne chaleur. L'un des guerriers vint jeter sur les corps des deux enfants une épaisse fourrure qui les protégerait du froid matinal et ils s'endormirent, épaule contre épaule, les visages détendus et souriants éclairés de lune.

Leur sommeil, profond, ne fut troublé ni par les chuintements des oiseaux de nuit ni par les sinistres craquements des arbres dont le bois se détendait après la chaleur du jour. Le crépitement des brasiers ne les dérangea pas plus que le cliquetis des armes des soldats qui montaient la garde autour du campement. Les images des récents événements occupèrent l'essentiel de leurs rêves. La roche, la pierre violette, le druide, les guerriers, le chevreuil…

Lorsque François ouvrit les yeux, le corps engourdi par la fraîcheur matinale, la lumière du jour filtrait à peine entre les troncs des sapins environnants. Il lui fallut quelques secondes pour réaliser qu'il n'était pas dans son lit, à la ferme de ses parents, et que sa mère n'était pas là, dans la cuisine toute proche en train de faire chauffer le lait sur la cuisinière à bois. D'ailleurs, l'odeur habituelle du chocolat chaud ne parvenait pas à ses narines. Il mit aussi quelques instants pour constater que Julie, couchée hier au soir près de lui, n'était plus là. Et puis il remarqua ce colosse aux cheveux longs et roux qui se penchait vers lui, un large sourire aux lèvres. Quelques mètres en arrière, Julie, assise en tailleur devant un feu que les guerriers avait ranimé, semblait se régaler en buvant à grandes gorgées un liquide contenu dans une sorte de bol de terre cuite. François se dressa, faisant jouer ses membres afin de les dégourdir.

- Salut Julie ! lança-t-il.

Elle leva les yeux par-dessus le bol.

- Salut François ! Tu devrais venir. Un vrai régal leur truc. Les Kellog's et compagnie, à côté, c'est de la rigolade ! Ils ont une sorte de bouillie de céréales au miel, génial !

Et François, alléché par ces propos, rejoignit sa cousine.

- Tiens, demande au grand là, il est sympa.

- Le grand ? Lequel ? Ils font tous dans les deux mètres!

- Lui! Là, le rouquin avec la boucle d'oreille.

François se tourna vers l'homme qu'elle avait désigné. Celui-ci, s'approchant, présentait déjà un bol semblable à celui que Julie tenait entre ses mains. La nourriture n'était pas franchement liquide, mais sa texture permettait tout de même de la boire. Une pâte onctueuse, de céréales, aromatisée au miel et sans doute encore de quelques baies sauvages. De quoi vous mettre en forme pour la matinée !

- T'as raison, pas mauvais leur truc. Si seulement on pouvait avoir la recette.

Le ciel était passé des teintes verdâtres de l'aurore à celles rosées de l'aube. Puis, des colorations plus dorées avaient illuminé l'horizon et l'astre flamboyant avait inondé la vallée de ses rayons de vie. Des bancs de brume flottaient au fond du vallon, masquant pour quelques moments encore les formes ondoyantes du relief. Les rais de lumière, passant au travers de la forêt, imprimaient leurs lignes de feu sur le sol de la clairière.

C'est alors, que surgissant du couvert des grands arbres, réapparut le cavalier noir. Il avançait doucement, maniant avec une dextérité évidente son magnifique destrier. Il semblait encore plus impressionnant que la veille. Ses vêtements, tout de cuir noir brillant, le torque qu'il portait à son cou, le casque à deux pointes dorées, la longue épée à la poignée sertie de pierreries et le bouclier incrusté de perles de verre coloré, tout cela lui donnait un air de grande majesté. Sans nul doute, les enfants avaient affaire à un grand guerrier et de surcroît certainement chef de tribu.

Il mit pied à terre, confiant sa monture à l'un des guerriers qui s'était approché. Sa démarche, lente, ne laissait aucune équivoque sur le mental du personnage. Un être au caractère sans doute bien trempé, ne reculant que rarement devant la difficulté. Il émanait de lui une force physique impressionnante et une volonté certaine. Cependant, aucune animosité n'émanait de l'ensemble de la personne qui regarda les deux enfants, sortit sa longue épée de son fourreau de bronze et désigna, de la pointe de l'arme, le fond de la vallée.

Il est vrai, qu'avec les brumes encore flottantes, les détails étaient difficilement discernables. Alors François eut une idée géniale. Fouillant rapidement dans son sac à dos, il en tira la paire de jumelles qu'il tendit au cavalier. Bien évidemment, celui-ci, ne comprenait pas l'usage que l'on pouvait en faire et eut même un léger mouvement de recul, se méfiant peut-être de cet objet inconnu. François porta alors les jumelles à ses yeux, montrant ainsi comment utiliser l'objet en question. Il renouvela sa proposition et le Celte, cette fois, ne se fit pas prier et ajusta les jumelles devant ses yeux. Cela le surprit tout d'abord car il fit comme un bond en arrière, comme si l'arbre si lointain qu'il venait de viser allait lui sauter à la figure. Il tenta même, d'un geste de la main, de se protéger de cet arbre qui soudainement tentait de l'agresser. Ce qui fit rire les deux enfants. Ces rires durent le rassurer car il replaça les jumelles devant ses yeux, sans réticence cette fois, prenant le temps d'observer la vallée. En l'espace de moins d'une minute, ce guerrier celte d'il y a plus de deux mille cinq cents ans venait de maîtriser l'utilisation des jumelles. L'observation dut le satisfaire car un large sourire s'afficha sur son visage. Il tendit l'instrument aux guerriers qui s'étaient approchés et qui, tour à tour, observèrent le fond de la vallée. Lorsque chacun eut étudié le site qui semblait tant les préoccuper depuis la veille, les jumelles regagnèrent les mains du cavalier noir qui les glissa sous son vêtement de cuir. Puis, d'un seul mouvement, les longues épées se dressèrent vers le ciel, des cris qui devinrent des sortes de notes chantées s'élevèrent dans le jour naissant et la pierre violette que le chef avait déposée sur le sol, se mit à scintiller doucement.

12

Cette scène, une fois de plus très impressionnante eut pour effet de ramener les deux enfants à la réalité. Jusqu'à présent, tout ceci ne leur avait globalement semblé qu'une espèce de rêve ou de jeu sans conséquence aucune. Et pourtant, il fallait bien se rendre à l'évidence. Ces guerriers, ces chevaux, ces huttes, ces armes et cette pierre violette, tout cela était bien réel. Ils s'étaient embringués dans une affaire qui au bout du compte pouvait se révéler dangereuse et de surcroît, ils ne comprenaient toujours pas pourquoi leurs modestes personnes intéressaient tant les Celtes.

- Allez, finit par dire Julie, d'une voix ferme, prenons nos affaires, on s'en va. On retrouvera bien le chemin de la Roche des Druides.

- Tu as raison, cette histoire a assez duré. Il faut qu'on rentre chez nous.

François avait récupéré son sac à dos, faisant une croix sur la paire de jumelles que le cavalier noir lui avait subtilisée. Ils tournèrent le dos au groupe de soldats qui terminait la mélopée étrange et se dirigèrent d'un pas décidé vers les premiers sapins. La réaction des Celtes ne se fit guère attendre. Sur un ordre discret de leur chef, trois gaillards avaient déjà rattrapé les fuyards, se plaçant devant eux, les bras ouverts en signe de : " on ne passe pas ".

- Mince, dit Julie. J'ai l'impression qu'on est coincés !

- Si seulement on pouvait leur parler. Peut-être qu'ils nous relâcheraient.

- Mais qu'est-ce que vous voulez à la fin ! se mit à hurler Julie, sa voix résonnant dans le silence de la clairière.

Ce qui eut pour effet de faire rire aux éclats le grand gaillard qui se trouvait devant elle. Il l'observait curieusement, se disant que ce petit bout de femme n'avait pas froid aux yeux. Il s'approcha, la saisissant par un bras, la soulevant du sol comme un fétu de paille, sans lui faire le moindre mal cependant. Il la chargea sur son imposante épaule et se dirigea vers le centre de la clairière ou le cavalier noir, droit comme un "i", les bras croisés sur son torse puissant, attendait qu'on lui apporte le "colis". Julie hurlait de plus en plus fort, battant des jambes et des bras, mais ses coups ne semblaient pas impressionner son porteur. François se mit à courir derrière lui, frappant et martelant son dos de coups de poings répétés mais un autre sbire s'approcha, le saisissant d'une main et le coinça sous son bras. Bientôt, les deux enfants se retrouvèrent assis dans la mousse, aux pieds du cavalier noir. Celui-ci leur parla d'une voix grave et profonde, ses yeux allant de l'un à l'autre des captifs. François et Julie avaient beau lui faire signe qu'ils ne comprenaient pas ses paroles, il poursuivit néanmoins son discours. Lorsqu'il se tut, il se tourna vers la vallée, en contrebas. Les brumes matinales commençaient à se disperser et le paysage apparaissait plus nettement. Il sembla à François que les traînées blanches et vaporeuses n'étaient pas du brouillard, mais de la fumée. Il remarqua aussi des points qui se déplaçaient, points qui à cette distance auraient pu être aussi bien des hommes que des animaux. Afin d'en avoir le cœur net, il fit signe au cavalier, mettant ses mains en forme de jumelles autour de ses yeux. Le guerrier dut comprendre le message car d'un geste rapide sous son vêtement de cuir, il fit réapparaître l'instrument qu'il tendit à François. Alors il put observer la vallée à loisir: des chevaux bruns, taillés pour la course, des hommes, vêtus de cuir noir clouté sur le torse et les bras, toute une tribu qui s'affairait aux préparatifs, lui sembla-t-il, d'un départ imminent. Il tendit les jumelles à Julie qui fit les mêmes constatations. Le cavalier noir et ses hommes se tournèrent vers la vallée, les longues épées tendues dans la même direction. Ils se mirent à vociférer des termes incompréhensibles tandis que leurs visages se transformaient en rictus de haine.

- Je crois que je commence à comprendre dit Julie. Ces gars-là et les autres, en bas, n'ont pas l'air de tellement s'apprécier. Ca m'étonnerait pas s'ils nous préparaient une petite bataille à coup d'épées et de lances.

- Et nous là-dedans ?

- Nous ? Là aussi, j'ai une petite idée. Souviens-toi, nous avons traversé la pierre sous la roche.

- Et alors ?

- Et alors ? Ils en ont une espèce de double miniature qui brille aux vibrations sonores. Ils doivent la considérer comme magique, capable de je ne sais quel pouvoir.

- Pas bête ton truc. Et nous, traversant la pierre, ne pouvons qu'en connaître l'utilisation. Ils doivent nous prendre pour des magiciens ou des espèces de dieux.

- C'est bien notre veine ! Comment leur expliquer qu'on ne peut rien faire pour eux ?

Mais déjà le cavalier revenait vers eux, les interrogeant avec empressement, leur désignant la vallée.

- C'est bon, c'est OK ! dit François au cavalier. On va vous aider.

- Mais t'es malade ! De toute façon, il ne te comprend pas.

- C'est oui ! Vous comprenez ? Oui ! reprit François à l'adresse du guerrier. Puis il désigna plusieurs fois la vallée et hocha la tête en signe d'assentiment.

Un large sourire éclaira le visage du cavalier et les soldats alentour poussèrent des cris de joie. Alors, le chef prit la pierre violette et la déposa au creux des mains du garçon. Il la trouva légère, d'une texture inconnue pour lui qui avait l'habitude des minéraux. Et puis, si infime qu'elle soit, il percevait comme une vibration intérieure.

- Tu vois, il a compris, dit-il fièrement, se tournant vers sa cousine qui levait les yeux au ciel.

- Mais tu sais très bien qu'on ne peut pas tenir cet engagement.

- Pas sûr, pas sûr.

- Alors là, tu m'épates !

- Comprends bien Julie, si on refuse, je ne donne pas cher de nos carcasses. Si on accepte, ils vont nous bichonner et on va pouvoir négocier.

- Qu'est-ce tu veux négocier ?

- Une demi-journée de liberté contre toi ici en otage.

- Hein ! C'est une blague. T'en as souvent des idées dans ce genre ?

- Pas trop. Mais quand il y en a une, elle est de taille.

- Tu l'as dit. Et de mon avis, tu t'en préoccupes ?

- Bien sûr. Mais écoute plutôt.

Et François lui raconta ce qu'il avait en tête. Julie se détendit, avouant qu'il y avait peut-être un intérêt à suivre son idée. Que de toute façon, cela ne pouvait pas être pire et qu'il fallait bien tenter quelque chose. Restait à convaincre le cavalier noir, ce qui ne serait pas simple, la demande particulière venant s'ajouter aux problèmes de communication.

Après maints essais, efforts, signes, dessins dans le sable rose qui bordait la clairière, le guerrier avait compris de quoi il retournait. Il dut réfléchir un long moment et discuter avec ses hommes. Finalement, il accepta. Il posa sa lourde main sur l'épaule du garçon et ses yeux se vissèrent au plus profond de son être, comme s'il cherchait à lire dans son cœur.

- Gundral, dit-il en se frappant le torse à l'aide de l'autre main.

- François, répondit le garçon.

Il lui accordait sa confiance en échange de quoi, il ne faudrait pas trahir. D'ailleurs, Julie restait au campement ce qui était un gage de sûreté. La chose qui inquiétait Julie était que la pierre sous la roche ne fonctionnât pas correctement, que François puisse partir mais ne pas revenir ou qu'il se retrouve à une autre époque.

- N'aie pas peur, lui dit-il. Je reviendrai bientôt. J'ai dit, enfin, dessiné à Gundral, que je serai là avant la lune, ce qui nous fait avant cette nuit vers 22h00, avec une montre qui marche bien entendu.

Il serra sa cousine très fort contre lui mais il ne vit pas les petites larmes qui coulèrent sur ses joues.

L'un des guerriers l'invita à grimper sur l'un des destriers et les deux cavaliers s'élancèrent à l'assaut de la forêt.

13

Il n'avait pas fallu une demi-heure pour atteindre la Roche des Druides. Il faut dire que le cavalier menait sa monture à une allure folle, se frayant sans soucis un chemin entre les troncs serrés. François en avait profité pour reconnaître le parcours et situer le campement qui, selon ses estimations, aurait pu se trouver aux alentours du col de la Charaille. La vallée entrevue, dans ce cas serait celle de la Plaine qui à cette époque laissait déjà couler ses eaux fraîches et vivantes. Le guerrier avait déposé François au pied de la Roche et le garçon compris que son gardien attendrait son retour car il attacha la ficelle grossière qui servait de rêne au tronc d'un arbre. Puis il s'assit devant son cheval, le regard perdu dans le lointain.

La porte fut franchie sans problème. Toujours ces mêmes sensations curieuses et désagréables, ces éclairs violacés, puis tout rentra dans l'ordre. La Roche était toujours là, l'antenne du Donon avait retrouvé sa place et les sommets déboisés alentour ne laissaient planer aucun doute.

" S'agit de pas traîner, maintenant " se dit François.

Il consulta sa montre qui fonctionnait à nouveau.

" Incroyable ! L'heure est quasiment la même qu'à notre arrivée. A peine midi. Juste un petit décalage à cause de notre passage dans la Pierre. Tant mieux, ça me laisse tout l'après-midi et finalement, personne ne s'est inquiété, puisqu'on vient juste de quitter le village."

Il pressa néanmoins le pas, dévalant même parfois la pente qui le menait vers la Croix de Fer. Il récupéra son vélo derrière les genêts et entama la descente qui le mènerait en haut du Beau-Soleil, au pied de la Rayeterre puis à la ferme de ses parents. Jamais il n'était descendu aussi vite, risquant le dérapage à chaque virage, jouant du guidon pour éviter les énormes trous causés par le passage des camions ou encore les gravillons tapissant les bords de la petite route. A la fontaine de la Rayeterre, Bruno, l'un de ses copains, l'interpella.

- Où tu cours comme ça ?

François n'avait guère envie de s'arrêter, mais il n'avait pas vraiment le choix.

- Je cours ? Je profitais de la descente pour tester ce bon vieux vélo. Ça va, il tourne bien. Juste un petit réglage de freins.

- Bonne balade ?

- Comment ça ?

- Ben oui, on t'a vu partir y'a pas une heure avec Julie. Tiens ? Elle est pas là ?

François se méfiait de ce Bruno qui avait une petite tendance à avoir la langue trop bien pendue et battait bien des filles à ce jeu là.

- Ah ! Julie ! M'en parle pas.

- Qu'est-ce qu'elle t'a encore fait ?

- Bah ! Des bricoles. Tu connais son fichu caractère. Je l'ai un peu trop asticotée à propos de son vélo qui date du moyen-âge, alors elle a pris la mouche, elle a dû rentrer par les étangs.

- Elle repointera sûrement le bout de son nez dans l'après-midi.

- C'est ça. Allez, salut. Je rentre, ça va être l'heure de la soupe là-haut.

- A plus.

Là-haut. Car maintenant il fallait grimper la Rayeterre, pas facile celle-là. Un bon vingt pour cent avec en bout de parcours une bosse qui vous achevait les jambes.

Pourtant, François trouva une énergie suffisante pour la monter sans trop souffrir. Après la bosse, une pente douce et l'arrivée à la ferme. François fit crisser les graviers et posa son vélo contre le mur du hangar. Nestor, le chien, l'accueillit joyeusement en lui léchant les mains. Les poules, oies, canards et autres dindes déambulaient dans la cour pavée tandis que deux chèvres brunes, sorties de leur abri, broutaient l'herbe du pré.

Ses parents terminaient leurs occupations de la matinée et allaient bientôt passer à table. La mère avait préparé du boudin aux châtaignes, fait maison bien sûr. Ici, on mangeait essentiellement les produits de la ferme. Porc, veau, volailles de toutes sortes, lapins, légumes du jardin, fruits et bien entendu tous les produits tirés du lait de vache ou de chèvre. Son père, assis en bout de table, près de la fenêtre, dégustait, en guise d'entrée, quelques tomates cerises qui commençaient à rougir.

- Alors François, la chasse a été bonne ? lui demanda-t-il.

- Pas mal. Quelques vieilles pierres intéressantes. Je ne traîne pas pour manger, j'y retourne. Il faut que j'emmène quelques grattoirs et mes loupes, je crois avoir déniché de superbes fossiles. Si vraiment ils sont de qualité, je les emporterais au lycée à la rentrée. Le prof de sciences est un fana.

- D'accord, mais n'oublie pas pour ce soir, il faut qu'on répare cette maudite charrette. Il y a encore quelques bottes à récupérer dans le pré du père Toron.

- Je sais. Je serai là.

Le reste du repas se passa dans le silence. François, avait une faim de loup. Il faut dire que les récents événements lui avaient aiguisé l'appétit. Les quelques morceaux de chevreuil et les baies sauvages étaient bien loin déjà. Il termina le premier, refusant le fromage et la tarte aux mirabelles que sa mère lui proposa. Il grimpa directement dans sa chambre pour récupérer le matériel qu'il était venu chercher. En fait de loupes et de grattoirs, ce qu'il cherchait se trouvait dans un carton glissé sous son bureau, entre les classeurs du lycée et les revues informatiques.

- Ah, le voilà.

Ses yeux semblèrent sortir de ses orbites lorsqu'il découvrit l'intérieur du paquet. Vide ! Désespérément vide !

- C'est pas possible ! On est vraiment coincés alors !

Il dévala l'escalier quatre à quatre, rejoignant sa mère qui débarrassait la table de la cuisine.

- M'an, t'as pas vu mes fusées, dans le carton, dans ma chambre.

- Les fusées ? Non. Ah! si, ça me revient. Pierrot est passé les prendre la semaine dernière. Il avait ton autorisation, qu'il m'a dit.

- C'est vrai. J'avais oublié. On devait préparer un truc dans son jardin. Un feu d'artifice pour l'anniversaire d'une copine. Zut, zut, et zut !

- Mais tu n'en as pas besoin pour aller en forêt. Je ne comprends pas.

- Je t'expliquerai. Rien de grave. Allez, je file. A plus tard.

Il récupéra son vélo après avoir chipé une boîte d'allumettes, quelques bougies et un drap qui traînait dans la buanderie. Il reprit la route vers la fontaine de Rayeterre. Cette fois, il battit son record du matin et dut freiner in-extrémis pour ne pas griller le stop. Bruno était encore près de la fontaine.

- Encore toi ! T'as la bougeotte aujourd'hui ! Où tu repars comme ça ?

- Chez les Gaulois !

- Ah! Ah! Toujours le mot pour rire.

Et François traversa le carrefour, pris la rue de Morval, passa le pont tout au fond et vira sur la gauche. La maison de Pierrot semblait déserte. Portes et fenêtres fermées, pas de voiture garée, pas de bruit. La tuile !

14

François ne pouvait cependant pas renoncer et s'arrêter en si bon chemin. Il ne lui manquait plus que le matériel nécessaire pour mener son projet à terme. Et puis, la vie de Julie était en jeu, là-bas, quelque part dans le temps, du côté de la Roche des Druides. Il aurait pu alerter les gendarmes mais à son humble avis, ceux-ci l'auraient sans doute pris pour un fou. Et même, dans le cas fort improbable où ils auraient décidé de croire son histoire et de l'accompagner jusqu'au campement, le risque en pertes humaines était grand car les Celtes n'étaient pas des mauviettes. C'était décidé, il continuerait seul. Il contourna la petite maison que son camarade habitait seul avec sa mère depuis que le père Matthieu avait été victime d'un accident mortel en forêt. La maisonnette, fort heureusement, était un peu à l'écart des autres bâtisses de cette petite rue qui tenait plus du chemin boueux que de la route carrossable. Sur l'arrière du bâtiment, là où quelques poules caquetaient dans un petit enclos grillagé, il découvrit la porte arrière dont la serrure ne tenait guère. Il le savait pour être venu quelques fois chez son copain Pierrot. Un manche de pioche qui traînait le long du mur décrépi fit l'affaire. Il y avait suffisamment de jour entre le chambranle et la porte pour y glisser son outil de fortune et d'un mouvement de levier, la porte sauta sans se faire prier, la serrure arrachée pendant encore par une vis rouillée et tordue. L'entretien laissait à désirer, mais la mère Matthieu n'avait pas trop le sou, ni le temps, travaillant dur à faire des ménages chez les personnes âgées des villages environnants. Le peu d'argent gagné permettait à son fils de poursuivre des études.

François, tendant l'oreille afin de vérifier si le craquement du bois n'avait alerté personne, se risqua doucement dans le couloir sombre et humide. Le sol, de ciment brut, glissait tant l'humidité était importante. Du salpêtre s'accrochait aux murs et les plaques de bois posées ici et là pour cacher cette misère se gondolaient sous l'action de l'eau. Il poussa la porte vitrée qui donnait dans la cuisine où un semblant de chaleur se faisait sentir. Lorsque les occupants partaient, le feu était mis en veille et la vieille cuisinière ronronnait à bas régime afin d'économiser le bois ou le charbon. Des restes de vaisselle traînaient dans l'évier de grès et le robinet d'eau froide gouttait sur le couvercle gondolé d'une casserole en alu. François ne s'attarda pas et grimpa l'escalier raide et étroit qui se trouvait dissimulé derrière une haute porte d'un vert délavé. Montant quatre à quatre les marches qui grinçaient tant et plus, il prit la première entrée à droite qui donnait sur la chambre de son copain. Son premier réflexe fut d'ouvrir la fenêtre au cas où il devrait fuir rapidement. Puis, balayant les lieux du regard, il découvrit ce qu'il cherchait. Un sachet de plastique, à demi-ouvert, posé à même le tapis poussiéreux qui se trouvait au centre de la petite pièce. Il en étudia rapidement le contenu. Tout y était. Tout le matériel qu'il espérait tant. Des dizaines de fusées de tous modèles et de toutes portées, des pétards de tous calibres, des tas de trucs qui font beaucoup de lumière et de bruit. Il ferma soigneusement le sachet, le glissa dans son sac à dos et dévala l'escalier. Son vélo l'attendait à l'arrière de la maison et il eut à peine le temps de l'enfourcher qu'il entendit le bruit d'un moteur près du pont. Il appuya fortement sur les pédales et s'esquiva par l'autre bout de la rue, virant à gauche afin d'être hors de vue. Il était temps !

Le reste ne devait plus être qu'une formalité. Il choisit de passer par le fond du village afin de ne pas rencontrer Bruno qui devait toujours garder la fontaine aussi consciencieusement. Il prit donc la grand'rue, celle qui mène à l'église, en passant par tous les commerces, épicerie, boucherie, journaux, coiffeur, fermés aujourd'hui pour cause de désertification et de chômage. Devant l'église, une camionnette de la gendarmerie était en faction et bien qu'il n'eût pas à passer directement devant ses occupants, puisqu'il devait prendre le Parterre sur la gauche, l'un des gendarmes, qui se tenait devant le véhicule, lui fit signe de s'approcher. Bien évidemment, François ne pouvait qu'obtempérer. S'enfuir n'aurait en rien arrangé ses affaires et sans doute compromis son plan. Il redressa le guidon de sa bicyclette, s'approchant de la camionnette devant laquelle il stoppa. Le gendarme, bedonnant, aux moustaches épaisses et au front soupçonneux n'avait pas l'air facile.

- Bonjour jeune homme, où vas-tu comme cela ?

- Je.., je.., je vais vers la Croix de Fer. Petite promenade de santé.

- C'est bien ça, c'est une excellente idée. Dis-moi, en te baladant, là, dans le village, tu n'as rien remarqué de louche ou de suspect ?

- De quel genre m'sieur l'agent ?

- Je ne sais pas, moi. Des gars qui traînent, qui rôdent, qui ont l'air de chercher à faire un mauvais coup.

- Ah ! J'ai vu personne. C'est bien calme aujourd'hui. Personne dans les rues. Y s'passe quelque chose ?

- Peut-être bien. Nous sommes à la recherche d'une bande d'individus qui profitent des vacances scolaires pour s'introduire dans les écoles et subtiliser le matériel informatique.

- Je comprends.

- Montre-moi quand même le contenu de ton sac.

- Vous ne croyez tout de même pas que …

- Je ne crois rien. Donne-moi ce sac.

A regret, François tendit le sac au brigadier qui l'ouvrit prestement et eut l'air surpris. Son air soupçonneux n'en fut que plus intense.

- Une balade de santé ? Tu ne sais pas que le 14 juillet est passé ? Tu comptais faire quoi avec tout ça ?

- Rien, rien. J'ai tout de même le droit de les trimbaler dans mon sac.

- Bien sûr. Et puis aller en forêt pour les faire péter et flanquer le feu à toutes ces broussailles desséchées qui ont remplacé les arbres, comme la semaine dernière, à St Salvat.

- Mais puisque je vous dis que…

- Tu nous diras tout ça au poste ! Allez hop ! Grimpe dans la camionnette !

A cet instant, un véhicule léger de la gendarmerie déboula de la grand'rue, se garant précipitamment près du fourgon. Un jeune lieutenant, que François semblait reconnaître s'approcha de ses collègues, un sourire radieux éclairant son visage.

- Eh, les gars, on les tient, ils ont été repérés près de la scierie. On va les coincer.

- Et lui, le pyromane, qu'est-ce que j'en fais ? demanda le brigadier.

Le lieutenant se tourna vers François.

- Lui ? Ah ! Mais c'est le fils Jacquin. Un pyromane ? Aucun risque. Laisse-le filer.

François ne demanda pas son reste. Bredouillant un au-revoir, il fit demi-tour, appuya sur les pédales et s'envola vers la Croix de Fer.

15

Par deux fois, il avait failli échouer dans sa mission. D'abord les pétards qu'il avait craint un instant ne pas pouvoir récupérer. Puis les gendarmes, du moins ce brigadier qui avait bien failli l'embarquer au poste. Que pouvait-il encore bien arriver ? Crever un pneu ? Se faire happer par l'un de ces énormes camions qui déboulaient de la forêt sans crier gare et qui occupaient toute la largeur de la route ? Encore une chance que la chasse ne soit pas ouverte car il aurait pu encore prendre une balle perdue ! Malgré ces pensées qui lui trottaient en tête pendant que la côte de la Croix de Fer était avalée assez rapidement, rien de tout ceci n'arriva. Il décida d'avancer un peu plus cette fois, non sans vérifier au passage que le vélo de Julie était toujours là, derrière les genêts. Il arriva ainsi jusque la Roche des Druides, les dernières centaines de mètres le faisant plus cruellement souffrir car, en plus d'une pente plus forte, le chemin était semé de trous, de silex affleurants et de zones sableuses. Il parvint à la Roche, posant son vélo contre l'arbre. Il se ménagea un instant pour reprendre son souffle, croquer une barre de céréales et avaler une gorgée d'eau fraîche.

Hop ! Il gagna l'excavation. La pierre scintillait dans la pénombre. Il repensa alors aux propos de Julie. Et si elle ne fonctionnait pas ? Ou mal ? S'il allait se retrouver au Moyen-Age, à la Renaissance, chez Louis XIV ou Napoléon ? Il ne pouvait rester là à se poser des questions auxquelles il ne pouvait de toute façon pas répondre. Le temps pressait, Julie comptait sur lui et il fallait aller jusqu'au bout de cette aventure. Un bruit, au-dessus, le fit sursauter. Des craquements de brindilles, des feuilles que l'on froisse, les signes évidents de pas qui se rapprochent.

- Hello !

Un visage guilleret, au nez énorme et rose-violet, aux yeux brillants derrière des petites lunettes rondes cerclées de métal, le tout surmonté d'une sorte de bonnet de tissu, venait d'apparaître dans l'ouverture.

- So, jemand da ? Reprit la voix chantante.

" Aïe ! Ca continue, se dit François. Décidément, c'est la journée ". Là où il ne passait pas âme qui vive durant des jours, voilà qu'il tombait sur un touriste allemand.

Lorsque François eut rejoint la sortie, il s'aperçut que les touristes étaient deux. L'homme portait un énorme sac à dos de toile beige surmonté d'une tente roulée et sa compagne, une dame blonde assez forte, qui faisait un petit signe amical de la main, s'était assise sur unc pierre plate.

- Guten Tag ! Wunderbar ! Es ist wunderbar ! Dieser Wald ist so schön !

François fit comprendre à ses visiteurs qu'il ne comprenait pas l'allemand. Il aurait pu se lancer dans quelques réponses vaseuses mais il n'en avait nullement l'envie. Il devait s'arranger pour faire déguerpir ces deux-là.

- Vous parlez français ?

- Ach ! Oui, chuste un peu, des mots.

- Bien. Vous êtes en promenade ?

- Promenate ? Ach ja, spazieren. Oui, promenate. C'est très bien ici. Choli, gut forêt.

- Vous n'avez pas peur de vous perdre ? La forêt est grande.

- Perdre ? Non, Gisela a une carte. Bonne carte avec tous les chemins. Et puis, on a tout le temps.

- Tout le temps ?

- Ja ! Nous dormir ici, sur la roche. Camping. Gut le camping, comme quand on était cheune, ja Gisela ?

Et Gisela partit d'un rire qui ressemblait au bruit d'une crécelle qui vous torturait les tympans pendant que l'homme avait déposé son sac. Il l'ouvrit, en sortit deux bouteilles d'une bière chaude qui avait dû pas mal voyager. Il les ouvrit à tour de rôle d'une pression de son énorme pousse boudiné tandis que la mousse dégoulinait sur ses mains. Il en tendit une à sa compagne tandis que lui-même avalait le contenu entier de la bouteille en deux ou trois gorgées. Il lança ensuite le récipient entre les sapins, en contrebas, ce qui eut pour effet d'exaspérer François. Mais le garçon préféra n'en rien laisser paraître. D'ailleurs, cette espèce de rustre aurait-il pu comprendre ?

- Tu en feux une, petit ? De la bonne bière de chez nous !

- Non merci, je préfère l'eau fraîche, avec cette chaleur, c'est mieux.

- Comme tu foudras. Gisela, wir schlagen das Zelt da auf !

François avait compris la teneur de ces propos. Ces deux-là allaient monter la tente ici, juste devant l'excavation, le contrarier dans ses projets et de surcroît balancer toutes leurs saletés dans les buissons alentours.

- Vous ne devriez pas passer la nuit ici, monsieur, dit timidement François.

- Was ? Pas dormir izi ? Warum ça ?

- A cause de l'orage monsieur.

- Orache ? Quel orache ? demanda l'homme, très surpris, observant le ciel limpide et le soleil qui inondait le paysage.

- C'est à dire qu'ici, les orages viennent vite. Il fait beau et boum! l'orage arrive sans crier gare. Regardez, là-bas ces arbres, foudroyés !

L'homme scruta le paysage, un peu plus loin sur la bosse qui faisait face, dans la direction indiquée par le garçon. En effet, plusieurs sapins montraient leurs troncs effilés et fendus en deux sur les deux tiers de leur hauteur. Leurs membres tordus et noircis laissaient à penser qu'ils avaient pris feu, foudroyés par un violent éclair.

- Ach ! Pas ze soir. Trop beau le ciel.

- Helmut ? Was passiert ? demanda soudainement Gisela.

Et l'homme rapporta les propos de François. La femme sembla plus craintive et les mots "foudre" et "orage" durent l'inquiéter un peu car elle se lança dans un discours qui énerva Helmut lequel, visiblement essayait de calmer sa femme avec la méthode particulière qui consiste à crier plus fort que l'autre. Puis le silence retomba. Helmut déroula la petite tente de toile bleue et François comprit que Gisela avait perdu cette partie. Il fallait trouver autre chose.

- Vous savez, monsieur, reprit François, ce lieu n'est pas bon.

- Gomment za, pas bon ? demanda l'homme, ses yeux injectés sortant de ses orbites.

- La nuit, oui, la nuit. On dit qu'autrefois les druides tenaient des séances ici et sacrifiaient des animaux. Le sang coulait sur la Roche. La nuit, parfois, des esprits reviennent, rôdent dans le secteur.

- Ach ! Histoires ! Des zornettes tout za. Des truites et des esprits. Ah ! Ah ! Ah !

- Helmut ? Was passiert noch ?

Et l'homme traduisit. François se demanda à ce moment si l'homme transmettait l'intégralité voire l'exacte teneur de ses propos. Alors, il tenta, rassemblant le peu d'allemand qu'il restait en sa mémoire – car il avait choisi Anglais et Espagnol au lycée – de traduire ses propres propos. Les quelques phrases qu'il énonça devaient tenir la route car la femme, subitement, devint très nerveuse, se leva, criant en s'adressant à son mari d'une voix aiguë. Ceci dut suffire à faire pencher la balance dans l'autre sens car l'homme remballa sa petite tente, la fixant à nouveau à l'arrière de son sac. Comme pour appuyer les paroles de

François, quelques nuages noirs auxquels personne n'avait alors prêté attention, s'étaient regroupés au-dessus du Coquin, vers l'ouest et quelques grondements lointains se firent entendre. Cela acheva de décider le couple qui, tournant les talons, disparut par le sentier qui les ramènerait en des lieux plus sûrs.

François se mit alors à rire bruyamment, fier de sa prestation. Il s'amusa à répéter: "Orache ? Quel orache?". Ah ! Celle-là, il la raconterait bientôt à Julie, si la pierre violette n'y voyait pas d'inconvénient.

La Pierre fut consentante. Après les habituelles sensations que François ne craignait plus, il retrouva le Celte et son cheval qui l'attendaient sagement. François, tapotant son sac à dos, fit comprendre à son gardien qu'il avait ce qu'il fallait. Le guerrier lui adressa un large sourire. C'est quand même pas tous les jours qu'un Gaulois vous montre qu'il est content de vous !

Ils grimpèrent tous deux sur le destrier et la folle course reprit entre les sapins, François se demandant une fois de plus comment le cavalier ne heurtait pas l'un ou l'autre tronc. Ils atteignirent rapidement le campement. Mais là, une surprise désagréable les y attendait.

Les abris de branchages étaient au sol, comme volontairement détruits. Les feux, encore fumants, semblaient avoir été piétinés de milliers de pas d'hommes ou de chevaux. Personne n'occupait la clairière et le guerrier, du haut de sa monture, avait sorti son épée et observait les alentours, l'air inquiet. Des fourrés remuèrent sur la droite et le Celte était prêt à défendre sa vie. Mais ce ne fut pas nécessaire. Des sous-bois, émergeaient, peu à peu, ses compagnons de tribu, bien qu'il constatât qu'il en manquait certains. Le chef Gundral fermait la marche. Il portait sur les bras des plaies assez profondes qui saignaient encore. Son visage dénotait une fatigue due certainement à une épreuve récente et difficile. Il s'expliqua rapidement avec l'arrivant qui posait mille questions. C'est alors que François constata que sa cousine n'était pas là. Il sauta de cheval, se dirigea vers Gundral, le saisissant par son vêtement de cuir en hurlant :

- Julie ! Où est Julie ? Où est Julie ?

Gundral, d'un geste lent, le visage grave, désigna la vallée en contrebas.

- Harkil ! Harkil !

16

François essayait de comprendre ce qui avait bien pu se passer. Sans doute la tribu adverse, les "Harkil", avait-elle fait une incursion au campement des hommes de Gundral. Ceux-ci, sans doute en infériorité numérique avaient dû céder du terrain et dans la bataille Julie avait été enlevée. La situation devenait réellement inquiétante et François commençait à voir l'avenir sous un mauvais jour. Des choses pareilles pouvaient-elles réellement exister ? Pouvait-on ainsi, innocemment, lors d'une simple balade en forêt, se retrouver plongé dans une situation dangereuse que personne n'aurait pu imaginer. Jamais ce type d'éventualité n'avait effleuré son esprit et pourtant, il fallait bien l'admettre, tout était parfois possible, même l'incroyable.

Les fourrés s'agitèrent encore et un nouveau personnage apparut. Mais François l'avait déjà entrevu une fois, lors de son premier enlèvement. Il s'agissait du vieillard à la longue barbe blanche, un druide sans doute, celui-là même dont le village avait été attaqué par les troupes de Gundral. Il faut croire que maintenant les deux hommes avaient pactisé. D'ailleurs Gundral avait peut-être besoin du druide pour ses pouvoirs particuliers, ses connaissances, sa magie et sa force spirituelle dans les projets à venir. Les deux hommes se firent face, se scrutant du regard un long moment puis, le druide, d'un geste de la main, désigna la lisière de la forêt. Aussitôt, des hommes à cheval, une bonne trentaine, lourdement équipés pour le combat rapproché surgirent et rejoignirent les hommes de Gundral. Oubliées les querelles, oubliés les combats intestins. Les tribus faisaient alliance et Gundral profitait de l'appui non négligeable du druide. Le vieillard parla longuement aux hommes, d'une voix profonde et grave, désignant tour à tour Gundral, François, la vallée en contrebas. Il prit la pierre violette que le cavalier noir lui tendait et l'éleva, une fois de plus, au-dessus de son visage. La pierre scintillait et une sorte de halo blanchâtre l'entourait. Cette couronne curieuse, vaporeuse, prenait des formes changeantes, et l'on voyait comme des sortes de bras effilés qui se tendaient en direction de François tandis que celui-ci restait subjugué devant un tel spectacle.

Le druide se tut et la pierre redevint terne. Pour François, avec Julie aux mains des adversaires, il n'était plus question de traîner. Il déposa son sac à dos, l'ouvrit rapidement, extirpant le sac plastique qui allait peut-être le sauver, lui et sa cousine. Il demanda à l'un des guerriers de s'approcher. Le soldat chercha le regard de

Gundral qui lui fit comprendre qu'il pouvait suivre les indications du garçon. François réussit aussi à se faire remettre la longue lance du guerrier sur le manche de laquelle il fixa, à l'aide d'un bracelet de caoutchouc, un pétard de gros calibre – de ceux qui se vendent dans les arrière-boutiques et que l'on n'a pas le droit de faire péter. Il désigna un arbre, situé à une quarantaine de mètres, légèrement en retrait de la lisière. Le soldat, comprenant la manœuvre et souhaitant sans doute montrer ses talents, saisit la lance, s'apprêtant à la propulser vers la cible désignée. François dut le retenir et le faire patienter. Il fallait encore allumer la mèche. Aussi, sortant la boîte d'allumettes et faisant comprendre au guerrier de se tenir prêt, il alluma le pétard, poussant avec force voix un "oh!" qui déclencha ce qu'il espérait. Le javelot partit aussitôt, propulsé à une vitesse vertigineuse et avec une habileté parfaite. La pointe se ficha profondément dans le tronc de l'arbre tandis que le pétard explosait avec un vacarme qui résonna alentour. Les Celtes, surpris, s'étaient vivement éloignés en direction opposée, dissimulés derrière des bosquets, les épées en garde. François, malgré la situation préoccupante, ne put s'empêcher de sourire. Il lui semblait que le stratagème pourrait porter ses fruits, la preuve en était la réaction des Celtes. Mais cet effet dissuasif serait-il de longue durée ? Les adversaires ne comprendraient-ils pas assez rapidement qu'il n'y avait finalement rien à craindre de ces explosions surprenantes mais inoffensives ? François décida d'enchaîner avec les fusées. Une écorce d'arbre incurvée, de petite taille ferait l'affaire et servirait de guide. Il déposa l'un de ces engins bien à plat sur ce support de fortune et, visant quelques broussailles desséchées et distantes d'une cinquantaine de mètres, alluma la mèche. Après le grésillement caractéristique de la cordite qui s'enflamme, le projectile prit son vol dans un sifflement aigu. La tête de l'engin explosa, libérant des gerbes multicolores et étincelantes qui mirent le feu aux broussailles. Le sifflement, l'explosion, les couleurs, le mini-incendie, tout ceci impressionna les Celtes qui, s'étant rapprochés un instant, avaient de nouveau rejoint leurs cachettes. François se tourna vers les bosquets, faisant signe aux hommes de venir sans crainte.

Gundral et ses hommes, le druide et ses compagnons, tous observaient avec un mélange de crainte et de curiosité l'ensemble des artifices que François avait déposé sur le sol. Ils se contentaient de les ausculter du regard, n'osant les prendre en main. Pour les rassurer, François manipula quelques fusées, quelques pétards et les explosifs finirent par circuler parmi les hommes réunis. Restait maintenant à initier les Celtes à l'utilisation de ces engins d'une autre époque. Gundral dut comprendre ce que le garçon avait en tête et ce qu'il attendait des guerriers. Il parla à deux de ses hommes qui se saisirent d'un pétard de taille moyenne, le fixèrent à une de leurs lances. Un autre guerrier, avec l'aide de François, s'entraînait à craquer des allumettes et après quelques essais infructueux, il se débrouilla fort bien. On pouvait donc faire un essai qui fut transformé sans problème lorsque la lance se ficha dans le tronc d'un hêtre et que le pétard fit entendre sa détonation sourde.

Les dés étaient donc jetés. Il s'agissait maintenant d'élaborer un plan qui tienne la route, les Celtes en techniciens d'un nouveau genre, le druide appelant par ses mélopées les énergies célestes et François en semi-dieu-magicien capable de créer le son, la lumière, de donner la vitesse et le mouvement aux objets par la simple utilisation d'un petit bâton de lumière. Il fallait faire vite car Julie était sans doute dans une situation très inconfortable, peut-être même en danger. Les Celtes n'avaient pas droit à l'erreur. Leur tentative serait unique, faute d'une quantité suffisante de matériel, et ils devaient absolument réussir. François comptait sur une victoire rapide, excluant de tuer les adversaires. La mort d'hommes entraîne toujours la haine et la vengeance et les conflits persistent sans fin. Sa technique, basée sur la surprise, la peur de l'inconnu, la crainte d'une force de lumière et de feu porterait sans doute plus de fruits, à savoir la fuite des "Harkil" peu désireux de se mesurer aux forces divines.

17

Cette fois, la situation était beaucoup moins confortable et Julie avait de sérieuses inquiétudes quant aux moments à venir. Il y avait d'abord eu ces cris effrayants qui avaient retenti autour du campement, ces hommes vêtus de cuir clouté qui avaient bondi des fourrés, l'épée en avant, le faciès grimaçant. Les hommes de Gundral, surpris avaient fait de leur mieux, mais, submergés par le nombre, ils avaient dû battre en retraite. Le cavalier noir, qui protégeait Julie, avait abattu, à lui seul, pas moins de six adversaires. Mais d'autres hommes, venant toujours plus nombreux l'avaient obligé à rompre le combat. C'est à ce moment que Julie fut attrapée par deux des assaillants qui la hissèrent sur un fougueux cheval noir qui l'emporta vers la vallée. Ce qu'il était advenu de Gundral, elle ne le savait pas. Elle espérait simplement qu'il avait pu s'en sortir car elle commençait à éprouver une certaine sympathie pour le guerrier qui avait risqué sa vie pour la protéger. Et François ? Avait-il réussi ? Avait-il pu revenir ? Qu'allait-il se passer maintenant, alors que le campement était dévasté, les Celtes en fuite et elle-même prisonnière de cette horde de sauvages.

Elle en était là de ses réflexions, assise à même la terre battue d'une hutte sommaire, les poignets et les chevilles entravés par de solides cordes. En outre, deux solides gaillards aux mines patibulaires montaient la garde devant l'abri et elle ne voyait vraiment pas comment elle aurait pu prendre la poudre d'escampette. Et pour aller où ? Ses amis étaient en déroute, le campement était bien éloigné et les sbires de garde auraient tôt fait de la rattraper. Elle eut soudain une envie terrible de pleurer, de se recroqueviller comme une toute petite fille qu'elle était, perdue à vingt-cinq siècles de distance de son époque, abandonnée au beau milieu de sauvages qui ne semblaient connaître que le langage de l'épée. Qu'allait-elle devenir ? C'en était fait de la petite Julie. Elle ne reverrait jamais sa maison, son village, sa mère, son école. Là-bas, personne ne saurait jamais ce qu'il s'était passé. On mettrait sans doute ça sur le compte d'un enlèvement en forêt comme il en arrive de temps à autre et personne, non personne, ne soupçonnerait jamais la réalité des faits. Et François? Lui peut-être pourrait expliquer. Mais on le prendrait pour un fou, il serait la risée du village, peut-être même le soupçonnerait-on d'avoir fait disparaître sa cousine ! Non, tout cela était vraiment trop affreux, et s'il y avait quelque part un dieu, qu'il soit gaulois ou autre, s'il y avait quelque part une bonne fée ou un magicien bienveillant, il fallait qu'il fasse quelque chose pour elle. Ce n'était pas demander beaucoup. Juste un petit coup de pouce.

A cet instant, un nouveau personnage se présenta devant l'entrée de l'abri de branchages. Les deux gardes s'effacèrent pour le laisser entrer. Le nouveau venu était de taille moins impressionnante quoiqu'il dût bien mesurer son un mètre quatre-vingt-dix. Il était large d'épaules et son torse bombé était puissant et musclé. Il portait un haut de cuir clouté, et des braies de tissu sous lesquelles on devinait des cuisses musclées. Ses bras, noueux, recouverts d'une peau brune et fine laissaient deviner la forme de muscles puissants. Son visage était celui d'un homme en colère, comme si une haine perpétuelle l'habitait. Les lèvres épaisses étaient tordues en une sorte de rictus désagréable, le front plissé et les yeux noirs enfoncés dans les orbites ne lui donnaient pas un air particulièrement engageant. Les cheveux noirs, tirés en arrière se terminaient en une queue de cheval. La bouche s'ouvrit, découvrant une mâchoire édentée.

- Arda grud! Arda grud !

Le ton était violent, l'expression véhémente.

Julie, qui ne comprenait rien à ce langage, se contenta de faire la moue, de hausser les épaules.

- Arda grud ! Cra'ch hungar ! reprit le sbire, dégainant un poignard à la longue lame effilée et brillante qu'il promena devant le visage de Julie, un mauvais sourire au lèvres.

- J'y comprends rien moi, à votre truc ! se mit à hurler Julie. Laissez-moi tranquille ! Attendez que François arrive ! Et elle réalisa qu'il ne viendrait sans doute jamais. Elle s'affala sur elle-même et se mit à sangloter.

Cela n'eut pas l'air d'attendrir le moins du monde son tortionnaire qui pesta de plus belle, tout en saisissant une pierre qu'il lui plaça devant les yeux. Sa bouche semblait se tordre démesurément.

- Clach ! clach!

- J'en sais rien ! Je m'en fous de votre pierre ! Et de tout le reste !

Julie comprit alors que ses geôliers n'avaient pas pu s'accaparer la pierre violette. Gundral avait donc sans doute pu la conserver et il subsistait peut-être un espoir, si infime fût-il.

Dehors, des chevaux s'agitaient, signe qu'ils avaient peut-être décelé des présences extérieures au camp. Leurs hennissements prolongés firent réagir le sbire et les deux gardes qui, abandonnant provisoirement Julie, se rendirent à l'extérieur pour voir ce qui inquiétait ainsi les animaux. Ils n'eurent guère le temps de se poser des questions. Il sembla soudainement qu'un déluge de feu venait de s'abattre sur le campement. Des sifflements aigus emplissaient tout l'espace alentour tandis que des détonations sourdes se faisaient entendre. Des fusées multicolores éclataient au pied des chevaux, devant les hommes qui sortaient de leurs abris, des pétards de gros calibres explosaient contre les troncs des arbres, délivrant vacarme et fumée opaque. La panique avait saisi les hommes, qui tentaient, tant bien que mal, de rassembler les chevaux qui préférèrent fuir ce déluge de bruit et de feu. Des broussailles s'enflammaient, communiquant elles-mêmes l'incendie aux abris de branchages. La fumée âcre et épaisse commençait à prendre à la gorge et piquait les yeux. Le bruit se calma un instant, donnant un peu de répit aux Harkil qui se demandaient réellement ce qui pouvait bien se passer, confrontés à une situation totalement nouvelle et fort inquiétante. Doucement, à travers la fumée qui se dissipait lentement, on aperçut une forme qui s'approchait. Celle d'un homme au visage effilé, vêtu d'une longue robe blanche. Il avançait lentement, monté sur un superbe cheval gris. Dans sa main droite, une pierre violette scintillait. A sa vue, les hommes reculèrent, inquiets et apeurés. Cette apparition, émergeant des brumes grisâtres, les avait fortement impressionnés. Ce druide, juché sur ce cheval magnifique, détenteur du pouvoir de la Pierre, n'allait-il pas tous les châtier pour leur conduite ? N'allait-il pas jeter sur eux les foudres et les colères des dieux et n'iraient-ils pas finir leurs jours dans les sombres enfers de l'au-delà ? Déjà, quelques guerriers, craintifs, avaient déposé les armes et se lançaient dans des suppliques destinées à adoucir la probable sentence qu'ils encouraient. Seul, le sbire, sans doute leur chef, s'avança d'un pas, levant son épée et proférant ce qui ressemblait à des menaces. La réaction des dieux fut immédiate. Plusieurs lances, savamment ajustées, vinrent se ficher à ses pieds sans que l'on puisse réellement savoir d'où elles étaient tirées. Elles portaient des pétards qui explosèrent avec force et des fusées qui crachèrent feu et flammes tout en dispersant des étincelles colorées. Les détonations fusantes accompagnaient le tout. Cela suffit pour calmer l'ardeur du guerrier qui jeta son épée au sol.

De sa cahute de branchages, Julie n'avait pas perdu une miette du spectacle. Elle souriait, ayant maintenant compris les tenants de la manœuvre. Finalement, François avait réussi, avait monté cette opération d'enfer qui battait en ampleur et en résultat toutes les épées du monde. Tiens, elle l'apercevait. Il arrivait, d'une démarche lente, enveloppé d'un drap blanc déniché on ne sait où. Il vint se placer aux côtés du druide tandis que Gundral, émergeant lui-aussi de la fumée environnante, les rejoignait.

18

Gundral et ses hommes avaient bien compris qu'il ne fallait surtout pas laisser retomber la pression. Déjà, sur des ordres précis, des guerriers à cheval avaient encerclé le campement. La tribu prise au piège avait été rassemblée au centre de la clairière, au milieu de l'esplanade où quelques huttes de branchages finissaient de se consumer. Le druide, descendu de son magnifique cheval gris, s'était avancé vers les hommes apeurés. Il jetait vers eux des regards de réprobation, tenant la pierre violette au-dessus de sa tête. Il s'adressa aux hommes, d'une voix dure et grave, entrecoupant son discours de sons mélodieux, comme chantés, tandis qu'il dressait son visage vers le ciel. François, lui, s'était doucement approché, se tenant aux côtés du mage qui devait sans doute faire la leçon aux fauteurs de troubles.

Un guerrier roux, le visage illuminé d'un large sourire avait défait les liens qui retenaient Julie prisonnière. Se dressant sur ses jambes engourdies, elle avait traversé la clairière, se jetant dans les bras de François qui l'étreignit fortement.

- Tu vois, on s'en est sortis, lui souffla-t-il. C'était pas bien compliqué, finalement.

- J'ai quand même douté un moment, lui avoua Julie. Quand je me suis retrouvée prisonnière ici, ça n'allait pas fort. J'ai bien cru que ma dernière heure avait sonné.

- Chut ! Laissons le druide finir son boulot. Je te raconterai tout à l'heure.

Les hommes apeurés étaient maintenant à genoux, prostrés et la colère du druide tombait sur leurs épaules. Pour agrémenter le tout, la pierre violette brillait fortement et des éclairs zébrèrent le ciel, au-delà de la lisière de sapins. Sans doute cette tribu ne reprendrait-elle pas de sitôt ses actions guerrières contre le village de Gundral. Elle avait subi la colère des dieux et cette épreuve servait de leçon.

Le druide fit encore plus fort que ce que l'on pouvait escompter. Faisant asseoir les hommes en cercle, il leur fit passer, de main en main, la pierre violette. A chaque passage, l'homme concerné devait répéter une formule dictée par le druide. Une sorte de pacte d'obéissance et de respect, sans doute. La certitude, par ce lien magique, de s'assurer la soumission de ces hommes. D'ailleurs, une fois cette cérémonie terminée, Gundral lui-même, circula dans le cercle, s'arrêtant devant chacun des hommes. Il les fixait longuement, désignant et le druide et la pierre et aussi son épée qu'il tenait levée. Les hommes acquiesçaient d'un mouvement de tête.

Les éclairs s'étaient estompés, le tonnerre s'était tu. Des écharpes de nuages filèrent au-dessus des cimes et un soleil radieux inonda la clairière. Un signe sans doute, un signe de paix, de prospérité, un signe d'alliance entre ces peuplades qui n'avaient cessé de se déchirer depuis fort longtemps déjà. Le druide leva la main et désigna l'est, en direction des contreforts qui dominaient la vallée. Les hommes se levèrent, rassemblèrent les maigres effets qui restaient au campement et prirent la direction indiquée. Sans doute allaient-ils s'établir un peu plus loin, profitant de leur voyage pour tenter de récupérer les chevaux qui s'étaient enfuis.

Lorsqu'ils eurent disparu, happés par la ligne des sombres conifères, Gundral se tourna vers François, le prit sous les aisselles et le dressa à bout de bras comme s'il ne s'était agi que d'un ballot de paille. Le garçon, surpris tout d'abord, se laissa faire. Les guerriers, tout autour, avaient levé leurs épées et entamaient un chant mélodieux dont eux seuls avaient le secret. Lorsque François fut déposé à terre, il prit sa cousine par la main, la conduisant devant le cavalier noir qui répéta le même cérémonial. Les chants prirent de la force, des cris de joie fusèrent.

Des sacoches suspendues aux flancs des chevaux, surgirent, comme par enchantement, des outres d'hydromel et de cervoise. Déjà, quelques guerriers, la lance en main, partaient en quête de gibier et des feux s'allumaient pour préparer la cuisson. La nuit serait longue et la fête risquait d'être endiablée !

19

Les chants et danses avaient duré une bonne partie de la nuit. Les gibiers, rapportés par les guerriers-chasseurs avaient permis un repas digne des dieux. Chevreuils, sangliers, faisans avaient alimenté le repas nocturne et satisfait l'assemblée des Celtes réunis autour du brasier. François et Julie avaient passé un agréable moment, se demandant encore et toujours s'ils ne rêvaient pas. Pourtant, tous les événements de ces dernières vingt-quatre heures leur prouvaient le contraire. La Pierre, les Celtes, les tribus rivales, le druide, Gundral.... Et puis, sans crier gare, le dieu sommeil vint clore leurs paupières et ils s'endormirent à même le sol, rompus de fatigue. Un guerrier bienveillant, assis près d'eux, les porta, chacun à tour de rôle et sans les réveiller, vers la hutte la plus proche. Là, ils finirent ce qu'il restait de cette nuit trop courte.

Au petit matin, qui vint bien vite, le campement s'agita. Les rayons obliques d'un soleil encore froid perçaient à peine la barrière des hauts sapins, peinant à déchirer les écharpes de brumes qui s'enroulaient autour des cimes, que tout un monde s'agitait çà et là.

Les hommes rassemblaient les divers matériels, attelaient les chevaux aux charrettes, Gundral distribuait les ordres et le druide surveillait les opérations. François et Julie furent donc réveillés par cette agitation et mirent quelques instants pour réaliser que l'école ou le lycée ne les attendait pas ce matin. Frottant leurs yeux encore emplis de sommeil, ils comprirent que la troupe levait le camp, sans doute pour regagner le village d'origine. Un guerrier s'approcha, baragouinant quelques propos évidemment incompréhensibles et leur tendit à chacun un morceau de viande froide. Quel petit déjeuner ! Mais, chez les Celtes comme chez les Celtes ! Ce n'est pas tous les matins que l'on déguste du chevreuil grillé ! D'ailleurs, la chair était plutôt tendre et François et Julie apprécièrent la nourriture offerte.

Ils furent ensuite invités à prendre place à l'arrière d'une charrette transportant des objets aussi divers qu'hétéroclites, vases de terre, tonnelets, plateaux et récipients métalliques, armes diverses, vêtements de cuir et de tissu, bobines de corde. Sans doute une sorte de butin récupéré auprès des Harkil qui avaient abandonné les lieux la veille. La troupe, forte d'une cinquantaine de solides gaillards tous à cheval, était emmenée par le druide et Gundral qui chevauchaient côte à côte. Nul besoin cette fois, de se presser, de lancer les chevaux au galop entre les troncs des sapins.

La colonne avançait à une allure modérée, se dirigeant lentement mais sûrement vers le village qui connaîtrait désormais la paix et la sérénité.

Sans que rien ne puisse le laisser prévoir, une silhouette massive s'abattit rapidement sur les épaules de Gundral, se plaçant derrière lui sur le cheval. Dans sa main, un poignard étincelant qui chercha la gorge du cavalier. Gundral, mu par un réflexe étonnant, se laissa couler sur le côté du cheval, plongeant vers le sol. Le poignard ne rencontra que le vide. Mais la silhouette ne semblait pas vouloir renoncer pour autant. L'inconnu sauta à terre, se retrouvant face à sa proie. La colonne avait stoppé, les guerriers sorti leurs épées, certains ajusté les lances. Le druide leva la main droite, demandant ainsi aux soldats de ne pas intervenir pour le moment.

Gundral, rapide, souple et leste, s'était relevé, dégainant le poignard glissé dans sa ceinture. La silhouette se tenait à quelques pas de lui et l'on put enfin l'identifier. Il s'agissait du chef des Harkil qui tentait là une dernière action et venait sans doute assouvir sa vengeance. Cela ne surprit personne, en tout cas ni Gundral ni le druide. Les deux hommes étaient face à face, le bras tenant le poignard tendu vers l'adversaire. Commença alors une sorte de danse mortelle où chacun tentait, par des mouvements improvisés et surprenants, d'atteindre son rival. Ce combat sembla durer une éternité jusqu'à ce que Gundral soit atteint sur le haut du bras droit, près de l'épaule. Un filet de sang s'échappait au travers de son vêtement de cuir et la douleur devait certainement ralentir ses mouvements que ce soit pour attaquer ou pour se défendre. Les yeux du Harkil lançaient des éclairs rougeâtres et un mauvais rictus tordait sa bouche. Il pensait, par ce coup habile, mettre son adversaire en défaut et ainsi prendre le dessus. Mais il devait vite déchanter. Gundral se replia sur lui-même, plongea dans les jambes de son adversaire qui chuta lourdement. Très rapidement maintenu par la poigne de fer du cavalier noir, il fut immobilisé tandis que la main de Gundral se levait, prête à donner la mort.

- Non ! Gundral ! Non !

C'était Julie, qui dressée sur le plateau de la charrette avait poussé ce cri. Le bras s'arrêta dans son mouvement, tandis que les yeux fous du Harkil semblaient implorer le pardon. Déjà, Julie avait sauté à terre, gagnant l'espace de combat, s'approchant des deux hommes.

- Non, Gundral, ça ne sert à rien. Cela ne fera qu'attiser la haine. Vos peuples n'en sortiront jamais. Laisse-lui la vie. Ne soit pas à son image. Gundral, s'il te plaît…

La barrière de la langue était rompue. Gundral, sans traducteur quel qu'il soit avait compris les propos de la fillette. Il rengaina son arme, libérant le Harkil de son étreinte de fer. Le druide affichait un sourire qui en disait long. Le Harkil se mit à genoux, prononça quelques paroles et disparut sans demander son reste.

20

Le reste du voyage se passa sans embûches. Gundral, qui avait repris sa place aux côtés du druide, avait appliqué quelques feuilles d'une plante poussant au pied d'un bouleau sur sa plaie finalement peu profonde. François regretta, à cet instant, de ne pas avoir emporté une mini trousse de secours, avec désinfectant et sparadrap. Les guerriers, comme précédemment, réussirent, en chemin, à faire une ample provision de gibier. Certains avaient même ramassé des champignons et François constata qu'ils étaient tous parfaitement comestibles.

Enfin, la ligne serrée des hauts sapins s'éclaircit et le village apparut. Sans doute des éclaireurs, plus rapides, avaient-ils déjà apporté la bonne nouvelle, car la population, massée à l'orée de la forêt, attendait la colonne des nouveaux venus. Des cris de joie fusèrent de toute part, les femmes levant, au bout de leurs bras tendus, des bambins qui s'agitaient tant et plus. D'autres enfants encore, dansaient devant les huttes, accompagnés de la voix par l'assemblée qui s'était mise à chanter. Le spectacle était magnifique et François et Julie se régalèrent du bonheur de cette tribu qui allait assurer un avenir plus serein à ses enfants. Comme il fallait s'y attendre, Gundral fut acclamé, ayant même du mal à fendre la foule, tant ses compagnons s'étaient approchés de sa monture. Le druide aussi fut remercié, mais d'une autre manière. Lorsqu'il eut mis pied à terre, le silence se fit d'un coup. La foule se fendit sur son passage et il gagna dignement la hutte centrale, tenant en ses mains la pierre violette. Il se retourna devant l'entrée de sa demeure, s'adressant à ses compagnons, d'une voix grave et posée. Son discours dura une bonne dizaine de minutes et lorsqu'il se tut, tous les regards se tournèrent vers les deux enfants. De nouveaux cris d'acclamation fusèrent alors, des bras se tendirent et ils furent soulevés de leur monture, passés de main en main sur le dessus de cette marée humaine. Lorsque cette tension retomba, ils se retrouvèrent, tout étourdis, devant la hutte centrale, entre Gundral et le druide. François et Julie crurent deviner la suite.

- Ah ! Je crois qu'on remet ça pour un nouveau festin, dit Julie.

- Ça tombe bien, répondit François. Je commençais à avoir un creux.

- Oui, d'accord, mais ça ne nous en dit pas plus pour la suite.

- La suite ?

- Ben oui ! On va pas rester là ad vitam aeternam. Maintenant qu'on a réglé leurs affaires, il faudrait peut-être qu'on songe à rentrer. Ils doivent s'inquiéter dur chez nous.

- Te tracasse pas pour ça. Je t'expliquerai plus tard. Et puis, je trouve que c'est plutôt sympa ici. On pourrait peut-être prolonger le séjour ?

- Qu'est-ce que tu racontes ?

- Je t'explique. Lors de mon retour chez nous, hier, j'ai constaté que le temps ne s'était pas écoulé là-bas. Ne me demande pas pourquoi, je n'en sais rien. Toujours est-il que je me suis retrouvé à la case départ, quasiment à la même heure. Si cela est toujours le cas, il n'y a donc aucun souci à se faire. Nous pouvons rester une petite semaine ici, je serai quand même rentré ce soir chez moi pour réparer la charrette. Super non ?

Julie mit un moment à comprendre les explications de son cousin. Finalement, si ce phénomène curieux était bien réel, ils pouvaient tous deux passer un petit moment en compagnie des Celtes qui d'ailleurs n'avaient peut-être pas envie de les laisser filer aussi vite.

Leur discussion fut interrompue par la venue d'un guerrier qui leur fit comprendre que le moment de se restaurer approchait. Un grand feu avait été allumé au centre de la clairière. Les animaux chassés lors du retour en étaient déjà au stade de la cuisson et la population du village commençait à s'installer autour du brasier géant.

Comme la nuit précédente, la fête battit son plein jusqu'à une heure avancée de la nuit. Chants et danses se succédèrent, les viandes grillées rassasiant les convives, l'hydromel et la cervoise coulant à flots. Ce ne fut que très tard, mais la montre de François n'affichait toujours que des "huit", que le campement s'endormit. On entendait le doux vent faisant trembler les longues branches des sapins majestueux. De temps à autre, le ronflement brusque d'un guerrier endormi à même le sol résonnait dans la clairière.

Le lendemain, après un réveil plutôt difficile, les enfants furent reçus par Gundral et le druide. La "discussion", par dessins interposés, fut longue et complexe. François et Julie semblaient comprendre que leurs hôtes ne voulaient pas les laisser partir tandis que les enfants tentaient de transmettre leur désir de s'en retourner chez eux. Finalement, un accord fut conclu. Les enfants resteraient au village jusqu'à la prochaine pleine lune, qui, d'après les observations de François, se présenterait d'ici une dizaine de jours.

En l'espace de ces dix jours, le village subit des transformations notables. De nouveaux arrivants étaient venus grossir la population originale, prêtant leurs forces et leurs idées à la réalisation de nouveaux projets. Les huttes avaient été reconstruites de façon plus solide, avec des pieux taillés dans de jeunes troncs de sapins. Des couvertures de chaumes recouvrirent les anciennes toitures et des trous furent pratiqués afin de laisser s'échapper la fumée des foyers. On vit s'installer un potier, un bronzier, un forgeron. Des femmes installèrent des métiers à tisser. D'autres hommes édifièrent, autour du village un rempart de bois. Des enclos pour l'élevage furent mis en place, accueillant poules, dindes, oies et même une laie accompagnée de ses deux marcassins. La vie s'écoulait paisiblement, un bonheur sans nom régnait sur ce village, sur ses habitants qui ne demandaient rien de plus que de vivre dans la paix et la sérénité. François et Julie, qui occupaient leurs journées entre la chasse et l'aide à la construction dans le village, s'étaient fait de nouveaux amis en la personne d'enfants du village. Ils tentaient de communiquer, d'inventer des jeux communs. Malheureusement, bientôt ils devraient quitter leurs nouveaux amis.

Au matin du dixième jour, François et Julie, rassemblant leurs affaires, se présentèrent devant la maison du druide. Celui-ci et Gundral, vêtus de leurs plus beaux habits, les attendaient sur le seuil de la demeure. La foule, silencieuse, était lentement sortie des autres habitations et formait comme une haie d'honneur.

21

Le druide, le visage grave, sa longue chevelure blanche flottant dans un léger vent qui soufflait sur le village, tenait la pierre violette devant lui. Gundral, resplendissant, avait revêtu ses plus beaux habits. Sa protection thoracique de cuir était flambant neuve. Son bouclier de métal, orné de boules de verre multicolores, brillait dans les rayons du soleil. Il avait astiqué le fourreau de son épée et le pommeau de celle-ci était incrusté de magnifiques pierreries. Sa chevelure dépassait d'un casque à deux cornes que les enfants ne lui connaissaient pas encore. Sans compter le torque rutilant, les bracelets et autres ornements qu'il portait aux chevilles. Le visage était figé, serein, les yeux clairs fixant au loin la ligne des sapins.

François et Julie furent très impressionnés. Ce cérémonial, ces beaux habits, ce silence pesant sur le village, tout cela pour eux, deux petits êtres de rien, venus d'une autre époque et qui avaient réussi à apporter la paix sur la région. Ils étaient tant émus que des larmes vinrent à perler aux coins de leurs yeux et ils fléchirent soudain les jambes pour s'agenouiller devant ces êtres fabuleux. Mais Gundral, d'un geste prompt, les invita à se relever. Ici, pas d'être dominateur, pas de vassal. Seule la reconnaissance et le remerciement avaient place à ce moment précis. Le druide, d'une voix profonde et grave entama la mélopée que les enfants connaissaient déjà. Le chant fut repris en chœur par la foule assemblée et comme il fallait s'y attendre, la pierre violette, levée au-dessus du visage du druide se mit à scintiller de mille feux.

- Il faudra bien que l'on trouve une explication à ça, souffla François à sa cousine. Peut-être le prof de physique ?

- Tu crois ?

- Je crois. Sans doute des vibrations sonores bien accordées et un matériau particulier qui réagit, ça doit se trouver.

Le chant se tut d'un coup, sur un geste précis du druide, laissant aller sa main ouverte et tendue au-dessus de la foule. Dans le même instant, deux magnifiques chevaux gris-clair étaient amenés par un guerrier. François et Julie comprirent rapidement de quoi il retournait. Ces montures étaient censées les ramener vers la Pierre, vers la Roche des Druides et ainsi permettre le retour vers leur époque. Un troisième cheval, noir celui-ci, fut amené vers Gundral, et les enfants supposèrent que le cavalier noir en personne se chargerait de les accompagner. Pourtant, avant le départ, François avait encore une question à poser. Il s'approcha doucement du druide, dessinant dans le sable la pierre violette ainsi que l'ébauche d'engin volant que le vieillard avait évoquée lors de leur première rencontre. Le druide reprit le dessin de l'enfant, affinant les contours de celui-ci. L'engin volant devint ovale, puis soucoupe et l'homme désigna le ciel, au-dessus des grands arbres, en direction de l'ouest. François remercia le druide d'un signe de la tête.

- Qu'est-ce que tu cherches avec ça ? lui demanda Julie.

- Je ne sais pas trop, juste un truc. La pierre, l'engin volant, curieux non, pour une époque si reculée ?

Gundral lança un ordre rapide et sec. Les enfants furent invités et aidés aussi, à monter sur les magnifiques destriers. Gundral, déjà sur sa monture, s'était placé en avant et donna le signal du départ. Le druide avait fait un petit signe de la main, et Julie crut apercevoir, dans ce visage pourtant si impénétrable, comme un soupçon de tristesse dans les yeux gris. La foule s'était écartée encore un peu plus et salua les enfants en agitant les mains. François et Julie leur rendirent leurs signes amicaux mais préférèrent, une fois atteint la lisière du bois, ne pas se retourner. Le ciel s'était soudain assombri, des éclairs fulgurants zébraient le ciel et un vent violent s'était mis à souffler au-dessus des cimes. Alors, sans un signe, Gundral lança son cheval à toute allure.

Les enfants, décontenancés au début de la chevauchée, finirent par se mettre dans le coup et réussirent à soutenir l'allure imposée par le chef. Mais sans doute celui-ci ne poussait-il pas son cheval aux limites de ses possibilités. Aussi, ils atteignirent rapidement les parages de la Roche, gravirent le sentier qui menait au chêne et posèrent pied à terre. Les enfants regardaient l'homme, le guerrier regardait les enfants. Il les prit chacun à tour de rôle dans ses bras, les serrant à lcs étouffer. Un geste sobre de la main signifia qu'ils pouvaient partir, mais on le sentait bien, comme à regret. Julie, cependant, au lieu de se diriger vers l'excavation maintenant bien connue, s'approcha de Gundral, désignant le poignard qu'il portait à la ceinture. D'abord surpris, le guerrier dut comprendre la manœuvre car il sortit son arme pour la présenter à Julie, comme pour la lui offrir.

- Non, Gundral, je n'en veux pas, je veux que tu écrives, là, dans la roche. Et elle désigna le rocher tandis que de son autre main munie d'un court bâton, elle grattait la surface de la pierre.

Le cavalier noir comprit très rapidement. S'approchant de la Roche, choisissant une surface plane et suffisamment large, il se mit à gratter, graver, dessiner, créer. Son travail, rapide et précis, ne dura guère plus d'un quart d'heure. Lorsqu'il lui sembla que son dessin était au point, les enfants admirèrent l'œuvre. Des lignes parfaites, fines, tracées à la perfection. On découvrait, sans hésitation possible, trois cavaliers sur leurs montures, le premier dominant de la taille les deux suivants. Aucun doute, Gundral, François et Julie avaient pris corps dans la Roche. Julie sauta de joie.

- Super Gundral ! J'espère que le temps n'oubliera pas.

Et elle déposa un baiser sur le front du colosse qui en resta bouche bée.

Les enfants gagnèrent l'excavation, s'approchèrent de la pierre. Comme à l'accoutumée, elle scintillait doucement dans la pénombre. Ils frôlèrent la douce paroi, furent happés par la matière translucide, ressentant et subissant les effets habituels.

22

Julie passait et repassait sa main sur le côté de la Roche. Sous la mousse, on devinait, à demi-effacé, le dessin de Gundral. Les rainures creusées par le poignard celte étaient bien présentes pour qui voulait bien y regarder et cela lui fit chaud au cœur. Gundral, dont le nom, le corps, les ossements avaient disparu depuis belle lurette était encore bien présent, là, au coin de cette roche et cela revêtait une importance capitale aux yeux de Julie.

- Tu vois, nous n'avons pas rêvé, dit soudainement François, tirant sa cousine de ses réflexions. La preuve est là.

- Et ta montre ? demanda Julie.

- Elle fonctionne à nouveau. C'est à peine si nous venons d'arriver ici. Encore un phénomène étrange que je n'explique pas.

- Et si on rentrait ? Je suis vraiment fourbue et puis on réfléchira à tout ça au calme.

- Tu as raison, rentrons.

François récupéra son vélo, adossé contre l'arbre où quelques "instants" plus tôt se trouvait le cheval du guerrier qui l'avait accompagné. Il suivirent le chemin jusqu'au bosquet de genêts qui abritait encore la bicyclette de Julie. Ensemble, ils dévalèrent la pente, passant la Cabane des Chasseurs, le terrain de foot et le Beausoleil. A la fontaine, ils stoppèrent net.

Les deux enfants se regardaient sans trop savoir quoi se dire. Ils venaient de vivre une situation hors du commun et ne pouvaient maintenant traduire tout ce qu'ils ressentaient.

- Eh ben, à demain, François, dit Julie. On se retrouve à la fontaine. Vers onze heures.

- Ouais, il faut que je file, j'ai une charrette à réparer, il me semble.

Julie avait regagné sa maison, et eut toutes les peines du monde à ne pas raconter ses aventures que ni son frère ni sa mère n'auraient sans doute crues. Quant à François, la réparation de l'essieu de la charrette tomba fort à propos, car, occupé par ce travail, il n'eut pas le loisir d'être tenté de raconter sa journée.

Ce fut une nuit profonde, noire, où les cavaliers celtes défilèrent en lignes infinies, où les druides tenaient en main des pierres violettes qui scintillaient de mille feux. Des éclairs zébraient le ciel et des nuages noirs tournoyaient à des vitesses vertigineuses autour d'une roche qui semblait planer au-dessus du sol. Des épées brillaient dans la nuit et des brasiers s'enflammaient au milieu de clairières peuplées d'une foule dansante. Des sifflements stridents déchirèrent la nuit faisant aboyer les chiens.

François, réveillé, trempé de sueur, poussa les volets de sa fenêtre. Vers l'est, vers la Croix de Fer, des lueurs violettes illuminaient le ciel. Elles s'estompèrent rapidement pour laisser place à un nouveau sifflement aigu qui déchira la nuit. Nestor, le chien, aboya à nouveau.

Ils marchaient côte à côte, le pas traînant, fatigué par une nuit trop courte et tourmentée.

- Nous y sommes, dit François, désignant la Roche.

- J'ai peur, je crois, dit Julie, ce bruit cette nuit, ces sifflements, je les ai vus aussi, tu sais…

- Je sais. Nous ne pouvons rien y changer. Viens.

Il prit sa cousine par la main, l'aidant à gravir les derniers mètres.

- Approche. Si tu veux, tu peux fermer les yeux.

Julie ferma les yeux, se contentant de passer délicatement sa main sur le coin de la Roche. Tout y était, les chevaux, les cavaliers, le message de Gundral. Une larme coula sur sa joue gauche.

- Et la Pierre ? demanda-t-elle.

- Il fallait s'y attendre, répondit François, qui venait de jeter un œil dans l'excavation. Disparue ! Envolée !

- Alors pour Gundral, c'est râpé ?

- Complètement râpé. Impossible de retourner là-bas. La porte a disparu. Mais au fait, t'es pas au courant ? Les sifflements perçus la nuit précédente n'avaient rien d'imaginaires. Le père Boureau, qui est rentré chez lui un peu tard, a affirmé avoir vu passer dans le ciel une sorte de soucoupe violette se dirigeant vers la forêt.

- Ca veut dire quoi cette histoire ? demanda Julie, stupéfaite.

- Que ceux qui ont oublié la pierrc violette sont venus la rechercher et qu'on a eu chaud.

- C'est pas vrai ! Des Celtes et des extra-terrestres ?

- Des Celtes et des êtres venus d'ailleurs ou de plus tard. Tout se rejoint finalement.

- Alors voilà tout ce qu'il nous reste, ajouta Julie en désignant le dessin de Gundral.

- Presque.

- Comment cela presque ?

- Imagine-toi, qu'en passant dans la Pierre violette, j'ai réussi à en prendre un morceau. Une sorte de gélatine que j'ai vite casée dans mon sac à dos, dans un papier d'alu, elle avait l'air de ne pas pouvoir s'en échapper. Je l'ai mise au congel chez nous, elle est devenue solide comme une roche. Je l'apporterai au prof de physique dès la rentrée. Avec les vibrations sonores, qui sait ?

- On pourrait repartir? Revoir Gundral ?

- Pourquoi pas ?

FIN